时习文库

西厢记

〔元〕王实甫 著
张人和 注释
黄秉泽 审订

齊魯書社
·济南·

图书在版编目（CIP）数据

西厢记 / (元) 王实甫著 ; 张人和注释. -- 济南 : 齐鲁书社, 2025. 3. -- ISBN 978-7-5333-5105-2

Ⅰ. I237.1

中国国家版本馆CIP数据核字第2025H5Y697号

出 品 人：王　路
项目统筹：张　丽
责任编辑：刘　强
　　　　　周　磊
装帧设计：亓旭欣

西厢记

XIXIANGJI

〔元〕王实甫　著　张人和　注释　黄秉泽　审订

主管单位　山东出版传媒股份有限公司
出版发行　齊魯書社
社　　址　济南市市中区舜耕路517号
邮　　编　250003
网　　址　www.qlss.cn
电子邮箱　qilupress@126.com
营销中心　（0531）82098521　82098519　82098517
印　　刷　山东华立印务有限公司
开　　本　710mm × 1000mm　1/16
印　　张　11
插　　页　2
字　　数　105千
版　　次　2025年3月第1版
印　　次　2025年3月第1次印刷
标准书号　ISBN 978-7-5333-5105-2
定　　价　39.00元

《时习文库》
专家委员会

《时习文库》
出版委员会

出版说明

文化乃国本所系，国运所依；文化兴盛则国家昌盛，民族强大。在源远流长的中华文化长河中，经典古籍宛如熠熠星辰，承载着先辈们的智慧、思想与情感，是中华民族精神内核的深厚积淀。

2017 年以来，中共中央办公厅、国务院办公厅相继出台《关于实施中华优秀传统文化传承发展工程的意见》及《关于推进新时代古籍工作的意见》等重要文件，有力推动了大众对中华优秀传统文化的关注与重视，古籍事业亦借此良好契机，迎来了前所未有的跨越发展，步入了一个崭新的黄金时代。齐鲁书社作为文化传承的重要阵地，始终秉持对中华优秀传统文化的敬畏之心，肩负守正创新之使命，积建社四十余年之精华，汇国内学界群贤之伟力，隆重推出中华经典名著普及丛书——《时习文库》。

“学而时习之，不亦说乎？”文库之名，正是源自《论语》的这句经典语录。“时习”不仅是对知识的反复学习与实践，更是一种对中华优秀传统文化持续探索、深入理解的态度。文库共分为文化类和文学类两大辑，囊括了经史子集、诗词歌赋、戏曲小说等诸多经典，旨在为读者搭建一座通往中国古代文化瑰宝的坚实桥梁。文库的编纂宗旨在于，引导读者在阅读经典著作的过程中，将学习与思考深度融合，不断从古人的智慧海洋中汲取营养，从而得到心灵的润泽与智慧的启迪。通过对经史子集、诗词歌赋、戏曲小说等多元内容的系统整理与精良审校，让中华古籍真正成为可亲、可读、可传的“活的文化”。

为了确保文库的品质，我们除升级广受好评的原有经典版本作为开发基础外，亦精选其他优质底本，以确保版本选择的卓越性；文库会聚文史学界权威，如高亨、陆侃如、王仲荦、来新夏等学界大家，群贤毕至，各方咸集；文库延聘名家成立专家委员会，严格把控丛书质量，确保学术水准；文库针对不同层次读者，精心设计文化类与文学类品种：前者左原文右译文下注释，后者文中加简注评析，实用性强；文库采用纸面布脊精装，正文小四号字，双色印刷，装帧精美，版面舒朗，典雅大方，方便易读。

在习近平文化思想指导下，《时习文库》的出版是对中华优秀传统文化“两创”“两个结合”的一次重要尝试。我们希望通过这套文库，让更多的人了解和喜爱中国古代典籍，让中华优秀传统文化在新时代焕发出新的生机与活力。同时，我们也期待广大读者在阅读文库的过程中，能够与古圣先贤进行跨越时空的对话，汲取智慧，启迪心灵，不断提升自我的文化素养和精神境界。让我们一起在经典的海洋中遨游，感受中华文化的博大精深，共同书写中华优秀传统文化传承与发展的新篇章。

齐鲁书社

2025 年 3 月

导 读

（一）

杂剧《西厢记》的原作者是王实甫，这是目前学术界取得的共识。但是，它从头到尾，是由王实甫一个人写成的吗？其间有没有人插手增删？这些问题并不简单，还需要进一步研究清楚。

《西厢记》的作者是谁？对此文坛上曾有严重的分歧。明清以来，据学者们归纳，大致有四种说法：1. 王实甫作。2. 关汉卿作。3. 王作关续。4. 关作王续。

经过争论，人们最终把《西厢记》的著作权交给王实甫，理由是：其一，根据文献记载，提出王实甫是《西厢记》的作者，最早见于元代钟嗣成所撰的《录鬼簿》。之后，明初朱权的《太和正音谱》，在“群英所编杂剧”中，也把《西厢记》列在王实甫的名下。《录鬼簿》和《太和正音谱》都是权威性的著作，不容置疑。至于认为关汉卿是《西厢记》作者的说法，最早出现在明代成化年间，比《录鬼簿》成书的时间，足足晚了一百多年。在无法推翻钟嗣成记载的情况下，此说诚不足信。其二，钟嗣成《录鬼簿》记录了王实甫创作的10多种剧目，《西厢记》列于其中，其后，贾仲明补撰的王实甫吊词，也赞誉“《西厢记》天下夺魁”。而在《录鬼簿》中，钟嗣成记录的关汉卿创作剧目，计有 60 多种，其中，则完全没有提及《西厢记》和关汉卿的关系。可见，最早出现的有关杂剧《西厢记》的文献，对它的创作权归属的认识，是很清楚的。总之，我们在没有找到足以否定王实甫原创权的确凿证据以前，也只能维持钟嗣成的判断。

王实甫何许人也？钟嗣成的《录鬼簿》有如下记载："名德信，大都人。"贾仲明所作的吊词，则对他的生平有所描述：

风月营密匝匝列旌旗，莺花寨明飙飙排剑戟，翠红乡雄纠纠施谋智。作词章，风韵美，士林中等辈伏低。新杂剧，旧传奇，《西厢记》天下夺魁。[①]

此外，钟嗣成又收录了王实甫名下的剧目，有《西厢记》《双渠怨》等 14 种。除《西厢记》外，现存剧本有《破窑记》《丽春堂》两种，以及《贩茶船》《芙蓉亭》的残折。这些就是人们所能掌握的有关王实甫生平最详细的资料了。

王实甫生活在什么时候呢？这个问题，与《西厢记》的著作权问题纠缠在一起，颇费斟酌。在 20 世纪 60 年代，陈中凡先生认为王实甫应是与关汉卿生活在同一年代，不过，陈先生认为王实甫当年所写的《西厢记》，不同于今天我们所看到的《西厢记》。从现存《西厢记》的体制明显受到南戏影响的情况看，陈先生认为它应是在元代后期的三十余年间，即于 1330—1367 年这一时期，人们

① ［元］钟嗣成、贾仲明撰，马廉校注：《录鬼簿新校注》，北京：文学古籍刊行社，1957 年，第 39 页。

根据王实甫原作，对其进行了创造性改编而成的剧目。[①] 这看法，除了确定现存的《西厢记》是元代后期的产物外，也基本上否定了王实甫的著作权。

王季思先生不同意陈先生的意见，他经过详细论证，认为今本《西厢记》是出于王实甫之手。经过论辩，后来陈先生也承认王实甫原著与今本大体一致，著作权问题基本上解决了。按照王季思先生的推断，“王实甫在戏剧方面活动的年代，主要应在元成宗大德年间及其前后，他的时代应该和白无咎、冯子振相去不远，而比关汉卿、白仁甫稍迟”[②]。

徐朔方先生不同意王季思先生的看法，他认为王说的主要依据，是王实甫的《丽春堂》杂剧中，引用过白无咎的《鹦鹉曲》曲词。至于白无咎，人们认为亦即著名剧作家白朴（白仁甫），因此推定王实甫应比白仁甫活动的年代稍后。徐先生指出，白无咎其实并非白仁甫，而是白仁甫的伯父白贲，这判断，似更接近于历史的真相。[③]

我们知道，陈、王、徐三位教授有师承的关系，但他们对王实甫活动年代的判断，也刚好分别是元末、元中叶、元初三种。他们意见一致的地方，仅仅在承认王实甫为《西厢记》的作者属元代人这一点上。

和历代王朝相比，元朝虽属短命的王朝，但毕竟有近百年的跨度。在没有足够的文献资料，特别是没有出土文物足以确凿地证实王实甫的活动年代之前，我认为最稳妥的办法是只确定王实甫是元

① 陈说发表于《江海学刊》1960 年第 2 期，《光明日报》1961 年 1 月 29 日、4 月 30 日、10 月 22 日。

② 王季思：《从莺莺传到西厢记》，上海：上海古典文学出版社，1955 年，第 39 页。

③ 徐朔方先生的意见，详见《从关汉卿的〈普天乐·崔张十六事〉说起》，《文学遗产》1998 年第 2 期。

代人，大体生活在元中叶以前。

要提请读者注意的是，杂剧《西厢记》的成书过程，也不同于一般的剧作。在王实甫写定《西厢记》以后，元明两代，长达两百多年间，不断有人加工，或增或改，于是，在戏曲史上便出现了《西厢记》版本极为繁复的现象。陈中凡、王季思、徐朔方三位先生虽然对王实甫活动年代存在分歧，但都确定今本《西厢记》，乃是经过了历代文人陆续修订淘洗而成的剧作。这例子多得很，由于篇幅关系，我们只举一例说明——陆采在《南西厢记序》中指出："本朝周宪王又加【赏花时】于首，可谓尽善尽美。"周宪王即著名戏剧家朱有燉，他所加的是《西厢记》第二本中惠明所唱【赏花时】和【幺篇】两曲。这两曲，许多版本不载，幸亏"弘治本"保留了下来，让我们领略王实甫的《西厢记》被人增补的痕迹。总之，《西厢记》有多种版本，不同版本在细节、文字或体制的区别，恰好暴露了元明时代人们对它修改的情况。

我们确定《西厢记》的作者为王实甫，但又指出从元到明乃至于清，它被人不断地修订增改，这就说明，从元及明乃至于清，人们一直认为《西厢记》故事与自己当前的社会生活息息相关。正因如此，才会拿起笔来在王实甫原作中涂涂抹抹。如果说，文学作品是一定时代社会生活的反映，那么，封建时代后期许多人参与《西厢记》修订润色这一现象，正好说明它所阐示的旨趣，适合于封建时代整个后期长达数百年的社会情况。

在这个意义上，我作为陈、王、徐三位老师的后辈，甚至认为可以把"王实甫"理解为集体创作的共名。当然，如果能够弄清楚最初出现的那位王实甫准确的生活年代，固然是学术上的一大进展，但若文献阙如，实在无法论定，那也无伤宏旨。此无他，因为《西厢记》这一独特的创作现象，已足够让人们看清楚它的意义了，已说明它远远超出于金元之际到元代中叶的几十年，甚至超出几百年了。因此，它所表现的内容，更非只是那位活跃于“风月营”中的大都人王实甫一个人的想法，而是涵盖了中国封建社会后期社会现实生活的现象。不过，为了尊重王实甫的原创，也考虑到这部作品经过多人多年增修的事实，以下，我们把它笼统称为《王西厢》。

（二）

王实甫的《西厢记》，是以莺莺和张生的恋爱故事为题材的。

莺莺故事，最早见于唐代元稹所写的传奇小说《会真记》。这是一个反映在门阀制度下青年婚姻悲剧的故事。小说所写的张生、莺莺，彼此热恋，后来张生准备应考，“崔已阴知将诀”，果然，张生“文战不胜”“遂止于京”。又过了一年，“崔已委身于人，张亦有所娶”，彼此不再相见，莺莺预见到的“始乱之，终弃之”的结局，终告应验。

其后，金代董解元的《西厢记诸宫调》，改变了《莺莺传》的题旨，重点写青年男女为争取婚姻自由，大胆地与封建家长展开斗争。它写张生一开始就爱上莺莺，莺莺则芳心未动。在孙飞虎事件之后，张生求婚，夫人不许。倒是莺莺既看到了张生之才，又感张生之德，为了报德，莺莺也爱上了张生。以后莺莺不断克服母亲对她的束缚和干涉，并以身相许。事情暴露后，张生考上科举，大团圆结局。

王实甫《西厢记》的张生、莺莺，固然也属于才子佳人，但是他没有仅仅把才与貌看成是男女结合的唯一纽带，他更强调的是

"爱情"，"永老无别离，万古常完聚，愿普天下有情的都成了眷属"（第五本第四折【清江引】）。王实甫认为，"情"就是婚姻的基础。一切阻挠有情人成为眷属的行为、制度，他都给予讽刺揭露，他希望所有人的爱情理想，都能自主地得到满足。他的看法，反映了青年男女的共同要求，也是对礼教和封建婚姻制度的挑战。

王实甫一直把对情的追求，作为塑造莺莺性格的基点。当老夫人勉强答应不追究她与张生的私情，并迫使张生上京考试时，莺莺恼恨的是"蜗角虚名，蝇头微利，拆鸳鸯在两下里"。长亭送别，她给张生把盏时的感触是："但得一个并头莲，煞强如状元及第。"她对张生最郑重的叮咛是："此一行得官不得官，疾便回来。"可见，在她心目中，始终是把"情"摆在最重要的位置，至于功名利禄，是非荣辱，则丢于脑后。这样的思想境界，不同于《董西厢》里为了报德的莺莺，不同于元杂剧中所写的追求夫荣妻贵的闺秀，王实甫塑造出这一个赤诚追求爱情、大胆悖逆礼教传统的女性形象，这标志着在宋代以来理学泛滥的情况下，文艺创作的新觉醒。

人呵人，人总是希望爱情、婚姻能有美满的结局。"愿普天下有情的都成了眷属"，《王西厢》这句有名的唱词，表达了天下人的心声。但有趣的是，人们对文学作品中的美满婚姻，却不会有太多关注的兴趣，观众和读者最爱看到的，倒是爱情婚姻遭遇到的种种困难曲折，总是愿意与当事人一起煎熬，同饮爱情的苦酒。人们更乐意观察被丘比特之箭射伤的心。这不是残忍，说到底，是关注当事人如何解决矛盾，如何抵受创痛，从中体悟他们对爱情的渴望和追求。因此，以爱情为题材的作品，越能揭示当事人内心的痛楚、颤动、矛盾、误会，乃至闹出种种笑话，也就越能打动读者观众，越能获得人们的同情，让人们在同饮爱情的醇酒中，得到美的享受。

从《会真记》《西厢记诸宫调》到王实甫的《西厢记》杂剧，我们看到的崔莺莺，实在是三种不同的形象，看到故事的题旨在演进。从把人的感情放在一定的位置，到让感情在礼的掩盖下得到抒发，进而越出礼教规定，强烈追求爱情，这是中国古代文学创作思想演进轨迹。

（三）

我国古代以爱情为题材的戏曲，多数是悲剧，但是，《西厢记》这一部“天下夺魁”的爱情戏，却是喜剧。陈继儒说：“《西厢》《琵琶》，俱是传神文字，然读《西厢》令人解颐，读《琵琶》令人酸鼻。”确实，看《西厢记》，你会喜滋滋，笑嘻嘻，直到终场。

作为喜剧，《西厢记》有着许多使人解颐的因素，其中很重要的一点，是它塑造了好几个具有喜剧性格的人物。

在我国，戏曲的喜剧性人物，多半由丑角或彩旦扮演，他们古里古怪的模样，夸张的形体动作，使观众为之捧腹。《西厢记》里的张生、莺莺，却是风流俊雅的一对，连红娘也腰肢婀娜、腻脸生春，他们与满脸粉垩的小丑、彩旦绝不相同。然而，他们的举止、言语，常常使观众想发笑声。《西厢记》和一般喜剧不同之处，是它主要通过揭示人物性格中的缺陷令人解颐，而不是依靠外在的妆扮使人发笑。正如别林斯基所说：“喜剧性因素隐含在如实的现实里面，而不是在漫画和夸张之中。”因此，人们看《西厢记》，总觉得笑得真实，笑得舒服。

如果观者仔细咀嚼，就会发现，王实甫安排莺莺和张生结识的时间、地点，就是够滑稽的。

一心上京考试的张生，路过河中府，偶然到普救寺闲逛，他“游了洞房，登了宝塔，将回廊绕遍。数了罗汉，参了菩萨，拜了圣贤”，无意中撞着了莺莺。从此，这一对“五百年前风流业冤”，越来越深地陷进了爱情的漩涡里。

张生遇见莺莺的地方，是和尚寺里的大雄宝殿，这个供奉菩萨的“庄严妙境”，应是六根清静修心养性的场所。谁知道，就在香烟缭绕、幡影飘摇之中，一对男女眉目传情，梵王殿变成了培育爱情的苗圃，而这段奇遇，偏偏又发生在莺莺居丧期间。按封建礼教规定，“父丧未满，未得成合”，何况，父亲灵柩还在寺里搁着。在应尽“孝道”的时刻，莺莺把老夫人一向的教导置于不顾。这样的安排，分明是对封建礼教的揶揄，观众稍一玩味，自能会心微笑的。

在《西厢记》里，令人发笑的人物，首推男主人公张生。

王实甫笔下的张生，是一个聪明忠厚，却又书生气十足的人物。本来，他气宇不凡，“雪浪拍长空，天际秋云卷；竹索缆浮桥，水上苍龙偃”，这几句唱词，颇能显示他心胸的开阔。可是，当他一旦堕入情网，却变得呆头呆脑，忘乎所以，成了个“不酸不醋风魔汉”。他在佛殿上撞见了莺莺，猛然惊叫：“我死也！”那傻愣愣的神态，已使人忍俊不禁；后来遇见红娘，开口就说：“小生姓张，名珙，字君瑞，本贯西洛人也，年方二十三岁，正月十七日子时建生，并不曾娶妻……”那一番毛遂自荐的说白，更使人捧腹大笑。在追荐亡灵的道场中，他为了和莺莺接近，又是点灯，又是烧香，百般做作，忙个不停。孙飞虎兵团围普救寺，老夫人被迫同意把莺莺许配给能计退贼兵的任何人，他就击掌而出，自称有计，并且煞有介事地请莺莺回房，声言“休唬了我浑家”。那一副大言不惭的神情，委实令人喷饭。总之，作者既写他机智勇敢，赞赏他对爱情的追求，又揭示了他酸不溜秋的性格缺陷，把这个傻角可爱亦复可笑的神态展现无遗。

为了讽刺张生性格的缺陷，王实甫在描绘时，常常略带夸张，使观者能清楚地看到他的窘态和憨态。在“赖婚”一场，作者写张生起初以为一定可以和莺莺成婚，踌躇满志，他一早起来，便精心打扮，“皂角也使过两个也，水也换了两桶也，乌纱帽擦得光挣挣的”，一心等着崔家来请。红娘来了，张生巴不得三步两脚跑去和莺莺相会。到了崔宅，莺莺未至，他又急不可待，借口“更衣”，跑出去张望一番。谁知道，就在他们相见之际，老夫人忽然变卦，只承认他和莺莺是兄妹关系。那时候，张生目瞪口呆，始而不肯和莺莺把盏，继而气急败坏地和老夫人论理；还直挺挺地跪在红娘面前，哭丧着脸说要上吊自尽。这场戏，写法相当夸张，鲜明地展现出张生从焦急、高兴到失望、负气的情景，使观众在哄笑的同时又感到这喜剧性的夸张完全符合张生性格的真实。

王实甫把千金小姐崔莺莺，同样处理为一个富于喜剧色彩的人物。她外表端庄文静，相国小姐的身份，使她不得不做出“好人家风范”。但是，她内心涌起爱情的波澜，实在又无法平静。她既要约束自己，掩盖真情，而又经常无法自已。当她内心一旦失去平衡，举动便显得幽默可笑。例如“赖婚”，老夫人着她出来与客人相见，起初她不知道来者是谁，便推说身子有些不停当，不肯出房。后来红娘告诉她，请来的乃是张生，她就赶紧说：“若请张生，扶病也索走一遭。”她的态度急遽变化，十分可笑，加上红娘在旁边“发科”，嘲笑作弄，衬托她的失态，更是逗人。又如“闹简”，她派红娘送信，并焦急地等待张生的信息，可是又装得一本正经，恪守“闺范”。当她看到张生的简帖时，“氲的呵改变了朱颜”，声言要告诉夫人，打下红娘的下半截来。等到红娘表示要到老夫人处出首时，她又赶紧揪住红娘求饶了。在戏里，王实甫善意地嘲笑了她的性格缺陷，真实地刻画出名媛淑女在追求自由的斗争中矛盾的心情，使观者在笑声中获得美的享受。

王实甫除了创造张生、莺莺两个喜剧形象以外，还让《西厢记》的其他人物都带上喜剧色彩。红娘机敏伶俐，风趣刁钻。她嘲笑张生和莺莺的语言，固然使人粲然，而被莺莺瞒骗时，蒙头转向的窘状也使人喷饭。在整个戏里，她应对时妙语连珠，打诨时信口胡扯，观者的笑声，常常伴随着她鹘伶伶的眼神和火辣辣的语言爆发。

出家人惠明，也是够滑稽的，他请缨杀贼，声言“这些时吃菜馒头委实口淡”，要把“这五千人做一顿馒头馅”。这莽和尚的粗豪古怪，叫人绝倒。

郑恒出场不多，但他那猥屑的模样，和被红娘取笑为“木寸、马户、尸巾”时，气得咋咋呼呼的狼狈相，令人笑不可抑。等到诬骗失败，走投无路，一头撞到树上了结时，人们更会为他可悲而又愚蠢的行径哑然失笑。

就连那治家严厉、冷若冰霜的老夫人，她的举动，同样具有强烈的喜剧性。像在“拷红”一场，她开始时张牙舞爪，最后被红娘说得哑口无言。她那色厉内荏、张口结舌的神态，也很能引人发笑。

《西厢记》里的人物形象，一个个刻画得栩栩如生，他们各自具有的性格缺陷，导引产生一连串的喜剧冲突，而他们的冲突又反过来鲜明地显示了性格的缺陷。莫里哀说：“喜剧创作，难就难在凭想象追求奇异而又不违反真实，使一本正经的人看了也会发笑。”王实甫高明之处，在于他创造了许多奇妙的使人想不到的笑料，但又不违反人物的性格真实。“我本无心说笑话，谁知笑话迫人来。”我认为，喜剧创作到这个程度，已达到炉火纯青的境地了。

（四）

古代优秀的剧作家，往往运用一些典型的细节，或显或隐，或曲或直地表现人物的性格。这些地方，有时貌似平凡，甚至若有疏漏，其实正是作者精警之笔。在《西厢记》里，“张生跳墙”就是闾巷皆知的最有趣的喜剧性情节。

王实甫《西厢记》杂剧写张生接到诗简，是红娘受了莺莺的气，拒绝再替她效劳的时候，是张生感到爱情已经无望的时候。可是，当他打开诗简一看，原来是小姐约他幽会。这时，他大喜过望。红娘便问：“怎见得他着你来？你解与我听咱。”他解释：“‘待月西厢下’，着我月上来；‘迎风户半开’，他开门待我；‘隔墙花影动，疑是玉人来’，着我跳过墙来。”这段话很重要。晚上，他便据此跳墙赴约。

在这里，王实甫写被视为才子的张生，却把诗解错了！

张生第一句诗的解释是没有错的。至于第二句“迎风户半开”，这里的户，他也明白知道就是指花园的“角门”而言。在王实甫《西厢记》里，这道角门有很多的戏，“惊艳”时张生追着莺莺，莺莺秋波一转，进入角门；在“酬和”时，张生从门外撞过来要会莺莺，红娘忽地把角门关了，张生只好在门外惆怅徘徊。由于这角门和张生有不少因缘，小姐诗中所指，他断不致会有误解。当时莺莺果然怀着鬼胎到后园烧香的情况，也可反证张生对诗简第一、二句的解释不差。

错误出在张生对第三、四句的解释。“隔墙花影动，疑是玉人来”十个字，无论如何也不能解释作小姐叫他“跳墙”。这两句只是莺莺盼念之辞，她想象着当看到隔墙花影摇动，意中人便会翩然而至。如果联系上两句解释，这明明是小姐着他从角门里过去，怎能凭空生出一个跳字呢？这真是一个可笑的疏忽。

本来，张生是个才子，当不至于不会解诗。他之所以会聪明一世，糊涂一时，是因为绝望之余，突然受宠若惊，于是连诗也解错了。作者这样的处理，正是要点出张生情痴至诚的性格。

只要细心检查一下，不难发现，关于张生解错了诗这一点，王实甫是处处关照着的。当红娘问张生对诗简的解法有没有把握时，他回答：“俺是个猜诗谜的社家，风流隋何，浪子陆贾，我那里有差的勾当。”晚上，红娘在后园碰见张生，问他：“真个着你来哩？”张生答：“小生猜诗谜社家，风流隋何，浪子陆贾。”后来莺莺翻脸，红娘在旁边唱道：“却早禁住隋何，迸住陆贾。”莺莺走了，红娘就嘲笑张生：“羞也，羞也，却不‘风流隋何，浪子陆贾’？”最后还唱：“猜诗谜的社家，㑳拍了‘迎风户半开’……”一句同样意思的话，在“闹简”“赖简”中竟反复出现五次之多，这绝不是行文累赘，而是作者有意的安排，他紧紧抓住“猜诗谜的社家”猜错了诗这一环，处处提醒观众注意。由此可见，王实甫《西厢记》处理张生为什么跳墙而不进角门，用意原很清楚，没有什么不合理的地方。

那天晚上，红娘由于恨小姐不信任自己，立心要瞧破她，故意跟她到后园烧香。到了那儿，便把角门打开，却刚巧遇见张生。红娘想：如果我一开门张生便进来，岂不太凑巧了，“只道我使你来”。同时，她也认为小姐是着张生跳墙的，便叫他：“你跳过这墙去。”而一向热恋莺莺的张生，这时正头脑发热，如饥似渴，既受红娘怂恿，哪分青红皂白，而且又有解错诗简在先，当然自以为遵小姐之命，于是攀垣一跳……

至于莺莺赴约，作为一个初次偷情悖礼的少女，心中是慌乱的。况且她原想瞒着红娘，如今红娘竟跟着去"烧香"，便更加慌乱了。"金莲蹴损牡丹芽，玉簪抓住荼蘼架。"到了后园，红娘径自开了角门，还说"怕有人听俺说话，我且看一看"，借故走开。这些异常的表现，不能不使黠慧的莺莺感到可疑。就在这一方面忐忑惶悚，一方面注意着半开的角门之际，—— 她的诗简原是叫张生从门里过来的呀！—— 突然有人"扑"地跳过墙头，一手把她搂住，这完全是出乎她意料。她下意识地惊呼："是谁?"对方回答："是小生。"这一刹那，莺莺骤然感到一切都被红娘瞧破了，也许自己的惊呼和张生的跳墙惊动了红娘，也许红娘正躲在什么地方偷看。于是，少女的羞怯，封建的思想，身份的优越感，对红娘的疑忌情绪，霎时间，一齐涌上心头，当然便翻脸喊贼。再说，莺莺追求爱情虽然大胆，但身份和教养又使她的行动表现得比较矜持，她约张生相会，而张生却误认为叫他跳墙，跳墙过来以后的态度又那样轻狂冒失，从莺莺的性格出发，如果她不发作，倒是奇怪的事。

王实甫《西厢记》是一部抒情喜剧，我认为王实甫对于"跳墙"的处理，有助于加强喜剧色彩，使这一情节更富于戏剧性。在这里，崔、张喜剧性的误会，是以人物的性格冲突为基础的。王实甫高明之处，就在于把《董西厢》所写的场景轻轻改动，便锦上添花，使人兴味盎然：既保留了董剧所要交代的一切，又把人物的性格表现得更加细致深刻。

在元代大都的戏剧圈里，群英汇聚，人才济济，彼此也争雄斗胜，不少剧本优秀纷呈。但王实甫的《西厢记》，凭借它对爱情、人性的歌颂以及人物塑造和情节冲突的喜剧安排，从元代开始一直流行至今，在各大剧种里历演不衰、广受群众欢迎的情况看，《西厢记》堪称是我国古代“四大名剧”最早呈现在舞台的第一本，是我国传统文化中最优秀的作品之一。以上简单的分析，仅供读者参考。

2025 年 1 月

目 录

CONTENTS

第一本

张君瑞闹道场

楔　子[①]

〔外[②]扮老夫人上开[③]〕老身姓郑，夫主姓崔，官拜前朝相国，不幸因病告殂。只生得个小姐，小字莺莺，年一十九岁，针指女工，诗词书算，无不能者。老相公在日，曾许下老身之侄——乃郑尚书之长子郑恒——为妻。因俺孩儿父丧未满，未得成合。又有个小妮子，是自幼伏侍孩儿的，唤做红娘。一个小厮儿[④]，唤做欢郎。先夫弃世之后，老身与女孩儿扶柩至博陵[⑤]安葬；因路途有阻，不能得去。来到河中府[⑥]，将这灵柩寄在普救寺内。这寺是先夫相国修造的，是则天娘娘香火院，况兼法本长老又是俺相公剃度[⑦]的和尚；因此俺就这西厢下一座宅子安下，一壁[⑧]写书附京师去，唤郑恒来相扶回博陵去。我想先夫在日，食前方丈[⑨]，从者数百；今日至亲则这三四口儿，好生伤感人也呵！

【仙吕·赏花时】夫主京师禄命终，子母孤孀途路穷；因此上旅榇在梵王宫[⑩]。盼不到

【批注】

本剧是一曲爱情战胜礼教的颂歌。剧中生动传神的性格描写，优美浓烈的抒情色彩，饶有风趣的喜剧画面，富有独特的艺术魅力。明人李卓吾称其为“化工”之作。陈继儒谓：“其文反反复复，重重叠叠，见精神而不见文字，即所称‘千古第一神物’，亶其然乎！”

【批注】

由老夫人自报家门，不仅交代了家庭身世，点明了人物关系，也透露出她看重门第家谱的封建意识，预示了戏剧冲突的社会根源。

博陵旧冢，血泪洒杜鹃红。

今日暮春天气，好生困人，不免唤红娘出来分付他。红娘何在？〔旦徕[11]扮红见科〕〔夫人云〕你看佛殿上没人烧香呵，和小姐闲散心要一回去来。〔红云〕谨依严命。〔夫人下〕〔红云〕小姐有请。〔正旦扮莺莺上〕〔红云〕夫人着俺和姐姐佛殿上闲要一回去来。〔旦唱〕

【幺篇】 可正是人值残春蒲郡[12]东，门掩重关萧寺[13]中；花落水流红，闲愁万种，无语怨东风。〔并下〕

【批注】

淡淡一语，既描写夫人对女儿的关切，又交代红娘的职责，既明写莺莺所受的拘束，又暗伏崔、张邂逅的线索。

注释

❶楔子：元杂剧一般分为四折，有的还加“楔子”，用来介绍人物、交代情节，相当于现代戏剧中的序幕或过场。

❷外：这里是“外旦”的省称。

❸开：开场。

❹小厮儿：小男孩儿。

❺博陵：今河北定州一带，唐置博陵郡。

❻河中府：今山西永济一带，唐置河中府。

❼剃度：指和尚剃发出家。和尚出家时要有施主买好度牒，布施衣物，这个和尚便是那个施主剃度的。

❽一壁：一面。

❾食前方丈：眼前食物，一丈见方，极言饮食菜肴的丰盛。

❿旅榇（chèn）：暂时寄放在外的灵柩。榇，棺材。梵（fàn）王宫：泛指佛寺。

⓫旦徕（lái）：徕，元杂剧里儿童的俗称。旦徕指年龄小的女角，即小旦。

⓬蒲郡：指河中府。

⓭萧寺：梁武帝萧衍信佛，建造了许多佛寺，后亦习称佛庙为萧寺。

第一折

〔正末扮张生骑马引仆上开〕小生姓张，名珙，字君瑞，本贯西洛人也①。先人拜礼部尚书，不幸五旬之上，因病身亡。后一年丧母。小生书剑飘零，功名未遂，游于四方。即今贞元十七年二月上旬，唐德宗即位，欲往上朝取应②。路经河中府，过蒲关上，有一故人，姓杜名确，字君实，与小生同郡同学，当初为八拜之交。后弃文就武，遂得武举状元，官拜征西大元帅，统领十万大军，镇守着蒲关。小生就望哥哥一遭，却往京师求进。暗想小生萤窗雪案③，刮垢磨光④，学成满腹文章，尚在湖海飘零，何日得遂大志也呵！万金宝剑藏秋水⑤，满马春愁压绣鞍。

【批注】

凌濛初曰："院本皆供应内用，故当场须称曩时庙号以为别。考剧戏中无不如此者，盖其体也。"按剧中开场宾白，角色自报姓名履历，兼称曩时庙号，沿自评话说唱而然。

【仙吕·点绛唇】游艺中原，脚根无线、如蓬转⑥。望眼连天，日近长安远⑦。

【混江龙】向诗书经传，蠹鱼⑧似不出费钻研。将棘围⑨守暖，把铁砚磨穿。投至得⑩云路鹏程九万里⑪，先受了雪窗萤火二十年。才高难入俗人机，时乖不遂男儿愿。空雕虫篆刻⑫，缀断简残编⑬。

【批注】

抒发了张生对科举考试埋没人才的强烈不满。

行路之间，早到蒲津。这黄河有九曲，此正古河内之地，你看好形势也呵！

【油葫芦】九曲风涛何处显，只除是此地偏。这河带齐梁，分秦晋，隘幽燕。雪浪拍长

【批注】

咏黄河雄伟气势，抒张生抱负、气魄。

空，天际秋云卷；竹索缆浮桥，水上苍龙偃。东西溃九州，南北串百川。归舟紧不紧[14]如何见？却便似弩箭乍离弦。

【天下乐】只疑是银河落九天；渊泉、云外悬，入东洋不离此径穿。滋洛阳千种花，润梁园[15]万顷田，也曾泛浮槎[16]到日月边。

话说间早到城中。这里一座店儿，琴童接下马者！店小二哥那里？〔小二上，云〕自家是这状元店里小二哥。官人要下[17]呵，俺这里有干净店房。〔末云〕头房里下，先撒和[18]那马者！小二哥，你来，我问你：这里有甚么闲散心处？名山胜境，福地宝坊皆可。〔小二云〕俺这里有一座寺，名曰普救寺，是则天皇后香火院，盖造非俗：琉璃殿相近青霄，舍利塔[19]直侵云汉。南来北往，三教九流，过者无不瞻仰，则除那里可以君子游玩。〔末云〕琴童料持下晌午饭！俺到那里走一遭便回来也。〔仆云〕安排下饭，撒和了马，等哥哥回家。〔下〕〔法聪上〕小僧法聪，是这普救寺法本长老座下弟子。今日师父赴斋去了，着我在寺中，但有探长老的，便记着，待师父回来报知。山门[20]下立地，看有甚么人来。〔末上，云〕却早来到也。〔见聪了，聪问云〕客官从何来？〔末云〕小生西洛至此，闻上刹[21]幽雅清爽，一来瞻仰佛像，二来拜谒长老。敢问长老在么？〔聪云〕俺师父不在寺中，贫僧弟子法聪的便是，请先生方丈[22]拜茶。〔末云〕既然

【批注】

用夸张手法极写寺院的庄严肃穆，与后崔、张佛殿乍逢的喜剧性场面，形成强烈对照。

长老不在呵，不必吃茶；敢烦和尚相引，瞻仰一遭，幸甚！〔聪云〕小僧取钥匙，开了佛殿、钟楼、塔院、罗汉堂[23]、香积厨[24]，盘桓一会，师父敢待回来。〔做看科〕〔末云〕是盖造得好也呵！

【村里迓鼓】随喜[25]了上方佛殿，早来到下方僧院。行过厨房近西，法堂北，钟楼前面。游了洞房，登了宝塔，将回廊绕遍。数了罗汉，参了菩萨，拜了圣贤[26]。〔莺莺引红娘拈花枝上，云〕红娘，俺去佛殿上耍去来。〔末做见科〕呀！正撞着五百年前风流业冤[27]。

【元和令】颠不剌[28]的见了万千，似这般可喜娘的庞儿罕曾见。则着人眼花撩乱口难言，魂灵儿飞在半天。他那里尽人调戏亸[29]着香肩，只将花笑拈。

【上马娇】这的是兜率宫[30]，休猜做了离恨天[31]。呀，谁想着寺里遇神仙！我见他宜嗔宜喜春风面，偏、宜贴翠花钿[32]。

【胜葫芦】则见他宫样眉儿新月偃，斜侵入鬓云边。〔旦云〕红娘，你觑：寂寂僧房人不到，满阶苔衬落花红。〔末云〕我死也！未语人前先腼腆，樱桃红绽[33]，玉粳[34]白露，半晌恰方言。

【幺篇】恰便似呖呖莺声花外啭，行一步可人怜。解舞腰肢娇又软，千般袅娜，万般旖旎[35]，似垂柳晚风前。

【批注】

一部《西厢》俱由此一遇引起。

【批注】

【元和令】以下四曲，极力形容莺莺的美丽。先总写一笔，然后分写妆饰容貌、声音动作、腰肢体态，绘形绘声，充分渲染了一个贵族小姐的柔弱娇媚。

【批注】

【上马娇】曲格律，“偏”字断作一句，然字断而意接。

〔红云〕那壁有人，咱家去来？〔旦回顾觑末下〕〔末云〕和尚，恰怎么观音现来？〔聪云〕休胡说，这是河中开府[36]崔相国的小姐。〔末云〕世间有这等女子，岂非天姿国色乎？休说那模样儿，则那一对小脚儿，价值百镒[37]之金。〔聪云〕偌[38]远地，他在那壁，你在这壁，系着长裙儿，你便怎知他脚儿小？〔末云〕法聪，来，来，来，你问我怎便知，你觑：

【后庭花】若不是衬残红芳径软，怎显得步香尘底样儿[39]浅。且休题眼角儿留情处，则这脚踪儿将心事传。慢俄延，投至到栊门儿前面，刚那[40]了一步远。刚刚的打个照面，风魔了张解元[41]。似神仙归洞天，空余下杨柳烟，只闻得鸟雀喧。

【柳叶儿】呀，门掩着梨花深院，粉墙儿高似青天。恨天，天不与人行方便，好着我难消遣，端的是怎留连。小姐呵，则被你兀的不引了人意马心猿[42]。

〔聪云〕休惹事，河中开府的小姐去远了也。〔末唱〕

【寄生草】兰麝香仍在，佩环声渐远。东风摇曳垂杨线，游丝牵惹桃花片，珠帘掩映芙蓉面。你道是河中开府相公家，我道是南海水月观音现。

“十年不识君王面，始信婵娟解误人。”小生便不往京师去应举也罢。〔觑聪云〕敢烦和尚对长老说知，有僧房借半间，早晚温习经史，胜如

【批注】

对张生的顾盼眷恋之意，尽在这无声的回顾一觑中。与前张生见崔后的惊诧艳羡相呼应。这一爱一恋，构成一部《西厢》关窍。

【批注】

此曲分三层写莺莺去远：首二句写余香余声，是实境；中三句写余影余形，是比兴；末二句写张生出神，是想象。骈俪蕴藉

旅邸内冗杂；房金依例拜纳，小生明日自来也。

【赚煞】饿眼望将穿，馋口涎空咽，空着我透骨髓相思病染，怎当他临去秋波那一转！休道是小生，便是铁石人也意惹情牵。近庭轩，花柳争妍，日午当庭塔影圆。春光在眼前，争奈玉人不见，将一座梵王宫疑是武陵源㊸。〔并下〕

的语句，符合一个有美好愿望与文化修养的青年的口吻，读来真令人口角生香。极写张生情思，结得有力。

注释

❶本贯：原籍。西洛：洛阳。

❷往上朝取应：进京参加科举考试。

❸萤窗雪案：指勤奋刻苦读书。萤窗，晋人车胤家贫好学，常无灯烛，夏夜捉萤火虫放在白纱袋里照着读书。雪案，晋人孙康好学，家穷无钱买油点灯，冬天夜晚常借用雪光读书。

❹刮垢磨光：语出韩愈《进学解》。原意是刮去污垢，磨出光泽，比喻人才一经磨炼就能放出光辉。这里是勤学不懈的意思。

❺万金宝剑藏秋水：比喻才学未能施展，如万金的宝剑隐藏着四射的光芒。秋水，以秋水的明净、清亮，比喻宝剑的光芒。

❻蓬：草名，又名“飞蓬”，开小白花，秋天草枯根断，随风飞转。蓬转常用来比喻行踪的漂泊不定。

❼日近长安远：东晋明帝司马绍幼年的时候，其父晋元帝有一次问：“太阳与长安哪个近?”司马绍回答：“日近。因为抬头只见太阳，不见长安。”这里意为进京求取功名太艰难。

❽蠹（dù）鱼：蛀书虫。

❾棘围：指科举时代的考场。为了防止扰乱作弊，试院的围墙上都插上棘枝，所以称试院为棘院、棘围或棘闱。

❿投至得：直等到。

⓫云路鹏程九万里：这里是用鹏鸟的远举高飞比喻人的功名成就。

⓬雕虫篆刻：原意是把文章辞赋比喻为小技，这里指写诗作文。

⑬缀断简残编：原意是搜集整理古籍，这里指钻研学问。

⑭紧不紧：即紧。元杂剧常在原来肯定词下面加否定词以加重语气。

⑮梁园：即兔园，汉朝梁孝王刘武所建，故址在今河南商丘东。

⑯浮槎（chá）：木排竹筏。传说汉代张骞曾乘浮槎从黄河到天河，见到了牛郎和织女。

⑰下：住下，住宿。

⑱撒和：以草料喂牲口。

⑲舍利塔：贮藏大和尚骨灰的塔。

⑳山门：寺庙的大门。

㉑上刹（chà）：贵庙，尊寺。

㉒方丈：住持和尚的居室。

㉓罗汉堂：安置释迦牟尼弟子五百罗汉塑像的佛堂。

㉔香积厨：寺院的厨房。

㉕随喜：游览佛寺。

㉖圣贤：对神佛的敬称，这里指佛祖释迦牟尼。

㉗业冤：孽冤，冤家。爱极的反语。

㉘颠不剌：风流漂亮的意思。

㉙亸（duǒ）：下垂。

㉚兜率宫：意为天宫。兜率，佛家语，知足、欢喜的意思。

㉛离恨天：指男女爱情受阻，相思而不能相见的地方。

㉜翠花钿（diàn）：古代妇女的一种面饰。

㉝樱桃红绽：比喻开口。

㉞玉粳：光洁如玉的粳米，比喻牙齿。

㉟旖旎（yǐnǐ）：娇柔。

㊱开府：古代高级官吏设置府署自选僚属称开府。此处代称官长。

㊲镒（yì）：古代重量单位，二十两或二十四两为一镒。

㊳偌（ruò）：这么。

㊴底样儿：脚印儿。

㊵那（nuó）：通“挪动”的“挪”。

㊶解元：乡试第一名称解元，后来也作为对读书人的敬称。

㊷意马心猿：比喻心神不安。

㊸武陵源：亦作武陵溪。传说东汉刘晨、阮肇入天台山采药，遇桃园仙女于武陵溪，留住半年，回到人间。后常以此作男女恋爱的典故。

第二折

〔夫人上，白〕前日长老将钱去与老相公做好事，不见来回话。道与红娘，传着我的言语去问长老几时好与老相公做好事，就着他办下东西的当了，来回我话者。〔下〕〔净扮洁①上〕老僧法本，在这普救寺内做长老。此寺是则天皇后盖造的，后来崩损，又是崔相国重修的。现今崔老夫人领着家眷扶柩回博陵，因路阻暂寓本寺西厢之下，待路通回博陵迁葬。老夫人处事温俭，治家有方，是是非非，人莫敢犯。夜来老僧赴斋，不知曾有人来望老僧否？〔唤聪问科〕〔聪云〕夜来有一秀才自西洛而来，特谒我师，不遇而返。〔洁云〕山门外觑着，若再来时，报我知道。〔末上〕昨日见了那小姐，倒有顾盼小生之意。今日去问长老借一间僧房，早晚温习经史；倘遇那小姐出来，必当饱看一会。

【批注】

“处事温俭”四句，写出老夫人的性格特征。这是一个典型的封建主义的慈母，她的爱和恨，都服从于亡夫的家谱和礼教的规范，表现于出尔反尔善于权变的个性之中。

【中吕·粉蝶儿】不做周方②，埋怨杀你个法聪和尚！借与我半间儿客舍僧房，与我那可憎才③居止处门儿相向。虽不能够窃玉偷香④，且将这盼行云⑤眼睛儿打当⑥。

【醉春风】往常时见傅粉的委实羞，画眉的敢是谎；今日多情人一见了有情娘，着小生心儿里早痒痒。迤逗得肠荒⑦，断送得眼乱，引惹得心忙。

〔末见聪科〕〔聪云〕师父正望先生来哩，只此少待，小僧通报去。〔洁出见末科〕〔末云〕是好一个和尚呵！

【迎仙客】我则见他头似雪，鬓如霜，面如童，少年得内养；貌堂堂，声朗朗，头直上只少个圆光⑧，却便似捏塑来的僧伽⑨像。

〔洁云〕请先生方丈内相见。夜来老僧不在，有失迎迓，望先生恕罪！〔末云〕小生久闻老和尚清誉，欲来座下听讲，何期昨日不得相遇。今能一见，是小生三生有幸矣。〔洁云〕先生世家何郡？敢问上姓大名，因甚至此？〔末云〕小生姓张，名珙，字君瑞。

【石榴花】大师一一问行藏⑩，小生仔细诉衷肠，自来西洛是吾乡，宦游在四方，寄居咸阳。先人拜礼部尚书多名望，五旬上因病身亡。〔洁云〕老相公弃世，必有所遗。〔末唱〕平生正直无偏向，止留下四海一空囊。

【斗鹌鹑】俺先人甚的是浑俗和光⑪，衠一味风清月朗。〔洁云〕先生此一行必上朝取应去。〔末唱〕小生无意求官，有心待听讲。小生特谒长老，奈路途奔驰，无以相馈。量着穷秀才人情只是纸半张，又没甚七青八黄⑫，尽着你说短论

【批注】

“往常”“今日”对照，突出张生的志诚和莺莺的美丽。“痒痒”两字叠用作句，调法如此。徐士范评：“叠痒痒二字，果见风魔。”

【批注】

安排张生有个官拜礼部尚书的先人，显然是要缩短他与崔家的门第差距，反映了作者的思想局限。

【批注】

毛西河评：“此以自谦作调笑语，妙绝！”

长，一任待掂斤播两[13]。

径禀：有白银一两，与常住[14]公用，略表寸心，望笑留是幸！〔洁云〕先生客中，何故如此？〔末云〕物鲜不足辞，但充讲下一茶耳。

【上小楼】小生特来见访，大师何须谦让。〔洁云〕老僧决不敢受。〔末唱〕这钱也难买柴薪，不够斋粮，且备茶汤。〔觑聪云〕这一两银未为厚礼。你若有主张，对艳妆，将言词说上，我将你众和尚死生难忘。

〔洁云〕先生必有所请。〔末云〕小生不揣有恳，因恶旅邸冗杂，早晚难以温习经史；欲假一室，晨昏听讲。房金按月任意多少。〔洁云〕敝寺颇有数间，任先生拣选。〔末唱〕

【幺篇】也不要香积厨，枯木堂[15]。远着南轩，离着东墙，靠着西厢。近主廊，过耳房，都皆停当。〔洁云〕便不呵，就与老僧同处何如？〔末笑云〕要恁怎么？你是必休题着长老方丈。

〔红上，云〕老夫人着俺问长老几时好与老相公做好事，看得停当回话。须索走一遭去来。〔见洁科〕长老万福！夫人使侍妾来问几时好与老相公做好事，着看得停当了回话。〔末背云〕好个女子也呵！

【脱布衫】大人家举止端详，全没那半点儿轻狂。大师行深深拜了，启朱唇语言得当。

【小梁州】可喜娘的庞儿浅淡妆，穿一套缟素衣裳；胡伶渌老[16]不寻常，偷睛望，眼挫里抹

【批注】

红娘初露形影，就写得玲珑剔透，气质不俗。金圣叹评曰："如从天心月窟雕镂出来。"

张郎[17]。

【幺篇】若共他多情的小姐同鸳帐，怎舍得他叠被铺床。我将小姐央，夫人央，他不令许放，我亲自写与从良。

〔洁云〕二月十五日，可与老相公做好事。〔红云〕妾与长老同去佛殿看了，却回夫人话。〔洁云〕先生请少坐，老僧同小娘子看一遭便来。〔末云〕何故却小生？便同行一遭，又且何如？〔洁云〕便同行。〔末云〕着小娘子先行，俺近后些。〔洁云〕一个有道理的秀才。〔末云〕小生有一句话说，敢道么？〔洁云〕便道不妨。〔末唱〕

【快活三】崔家女艳妆，莫不是演撒[18]你个老洁郎？〔洁云〕俺出家人那有此事？〔末唱〕既不沙[19]，却怎睃趁[20]着你头上放毫光，打扮的特来晃[21]。

〔洁云〕先生是何言语！早是那小娘子不听得哩，若知呵，是甚意思！〔红上佛殿科〕〔末唱〕

【朝天子】过得主廊，引入洞房，好事从天降。我与你看着门儿，你进去。〔洁怒云〕先生，此非先王之法言[22]，岂不得罪于圣人之门乎？老僧偌大年纪，焉肯作此等之态？〔末唱〕好模好样太莽撞，没则罗[23]便罢；烦恼怎么耶唐三藏[24]？怪不得小生疑你，偌大一个宅堂，可怎生别没个儿郎，使得梅香来说勾当。〔洁云〕老夫人治家严肃，内外并无一个男子出入。〔末背云〕这秃厮巧说。你在我行、口强，硬抵着头皮撞。

【批注】

本剧中调笑谑语多具浓厚生活气息和幽默感，但也掺杂庸俗情趣。

【批注】

时时点及老夫人的专横和严厉，使读者想见封建势力的重压。

〔洁对红云〕这斋供道场都完备了，十五日请夫人小姐拈香。〔末问云〕何故？〔洁云〕这是崔相国小姐至孝，为报父母之恩。又是老相公禫日㉕，就脱孝服，所以做好事。〔末哭科，云〕“哀哀父母，生我劬劳。欲报深恩，昊天罔极。”小姐是一女子，尚然有报父母之心；小生湖海飘零数年，自父母下世之后，并不曾有一陌纸钱相报。望和尚慈悲为本，小生亦备钱五千，怎生带得一分儿斋，追荐俺父母咱！便夫人知也不妨，以尽人子之心。〔洁云〕法聪，与这先生带一分者。〔末背问聪云〕那小姐明日来么？〔聪云〕他父母的勾当，如何不来。〔末背云〕这五千钱使得有些下落者。

【四边静】 人间天上，看莺莺强如做道场。软玉温香，休道是相亲傍；若能够汤㉖他一汤，倒与人消灾障。

〔洁云〕都到方丈吃茶。〔做到科〕〔末云〕小生更衣咱。〔末出科，云〕那小娘子已定出来也，我只在这里等待问他咱。〔红辞洁云〕我不吃茶了，恐夫人怪来迟，去回话也。〔红出科〕〔末迎红娘祗揖科〕小娘子拜揖！〔红云〕先生万福！〔末云〕小娘子莫非莺莺小姐的侍妾么？〔红云〕我便是，何劳先生动问？〔末云〕小生姓张，名珙，字君瑞，本贯西洛人也，年方二十三岁，正月十七日子时建生，并不曾娶妻……〔红云〕谁问你来？〔末云〕敢问小姐常出来么？

【批注】

一个忙不迭地自我介绍，鲁莽得可爱，一个伶牙俐齿，正经得可笑，两相对照，使人忍俊不禁。

〔红怒云〕先生是读书君子，孟子曰："男女授受不亲，礼也。"君子"瓜田不纳履，李下不整冠"。道不得个"非礼勿视，非礼勿听，非礼勿言，非礼勿动"。俺夫人治家严肃，有冰霜之操。内无应门五尺之童，年至十二三者，非呼召不敢辄入中堂。向日莺莺潜出闺房，夫人窥之，召立莺莺于庭下，责之曰："汝为女子，不告而出闺门，倘遇游客小僧私视，岂不自耻。"莺立谢而言曰："今当改过从新，毋敢再犯。"是他亲女，尚然如此，何况以下侍妾乎？先生习先王之道，尊周公之礼，不干己事，何故用心？早是妾身，可以容恕，若夫人知其事呵，决无干休。今后得问的问，不得问的休胡说！〔下〕

〔末云〕这相思索是害也！

【哨遍】听说罢心怀悒快，把一天愁都撮在眉尖上。说："夫人节操凛冰霜，不召呼谁敢辄入中堂？"自思想，比及你心儿里畏惧老母亲威严，小姐呵，你不合临去也回头儿望。待飏下[27]教人怎飏？赤紧的[28]情沾了肺腑，意惹了肝肠。若今生难得有情人，是前世烧了断头香。我得时节手掌儿里奇擎，心坎儿里温存，眼皮儿上供养。

【要孩儿】当初那巫山远隔如天样，听说罢又在巫山那厢。业身躯虽是立在回廊，魂灵儿已在他行。本待要安排心事传幽客，我则怕漏泄春光与乃堂。夫人怕女孩儿春心荡，怪黄莺儿作

【批注】

金圣叹评："不怨自己，不怨红娘，忽然反怨莺莺，真是魂神颠倒之笔。"看似反常的心理，最能表现张生风魔的神态。

【批注】

【要孩儿】数曲起伏跌宕，极尽铺排之能事，中心在表现对老夫人的

对，怨粉蝶儿成双。

【五煞】小姐年纪小，性气刚。张郎倘得相亲傍，乍相逢厌见何郎粉，看邂逅偷将韩寿香。才到得风流况，成就了会温存的娇婿，怕甚么能拘束的亲娘。

【四煞】夫人太虑过，小生空妄想，郎才女貌合相仿。休直待眉儿浅淡思张敞，春色飘零忆阮郎[29]。非是咱自夸奖：他有德言工貌[30]，小生有恭俭温良。

【三煞】想着他眉儿浅浅描，脸儿淡淡妆，粉香腻玉搓咽项。翠裙鸳绣金莲小，红袖鸾销玉笋[31]长。不想呵其实强[32]：你撇下半天风韵，我拾得万种思量。

却忘了辞长老。〔见洁科〕小生敢问长老，房舍如何？〔洁云〕塔院侧边西厢一间房，甚是潇洒，正可先生安下。现收拾下了，随先生早晚来。〔末云〕小生便回店中搬去。〔洁云〕吃斋了去。〔末云〕请长老收拾下斋，小生取行李便来。〔洁云〕既然如此，老僧准备下斋，先生是必便来。〔下〕〔末云〕若在店中人闹，到好消遣；搬在寺中静处，怎么挨这凄凉也呵。

【二煞】院宇深，枕簟凉，一灯孤影摇书幌。纵然酬得今生志，着甚支吾此夜长。睡不着如翻掌，少可[33]有一万声长吁短叹，五千遍捣枕捶床。

【尾】娇羞花解语，温柔玉有香，我和他

封建礼法的反感，正面提出“郎才女貌合相仿”的恋爱婚姻观点。崔、张的自由爱情，无疑表现了对封建礼教的背叛与挑战，但这种挑战又是不彻底的。“他有德言工貌”两句，就说明他们的爱情还以封建道德修养与贵族青年的性情才识为共同基础，其最终演变成封建主义的夫贵妻荣是必然的。

【批注】

活画出相思情态，承上启下，余味无穷。

乍相逢记不真娇模样，我则索手抵着牙儿慢慢的想。〔下〕

注 释

❶洁：元代称和尚为“洁郎”，简作“洁”。

❷周方：周全方便。

❸可憎才：可爱的人。可憎，可爱的反语。

❹窃玉偷香：指男女间的幽会私通。窃玉，元杂剧、散曲中有郑生兰房窃玉之事，详情待考。偷香，晋贾充女与韩寿私通，窃其父所藏御赐西域异香给韩。

❺行云：传说巫山神女说她“朝为行云，暮为行雨”，见宋玉《高唐赋》。这里指美女。

❻打当：准备妥当。

❼迤（tuō）逗：挑逗，勾引。肠荒：肠慌，心肠发慌。

❽圆光：佛教传说，佛菩萨头顶上有放射成圆轮形的光环。

❾僧伽（qié）：省称为僧。本指众和尚，后单人也称作僧。

❿行藏（cáng）：原意指对于出仕和退隐的态度。这里指身世经历。

⓫浑俗和光：不露锋芒。

⓬七青八黄：黄金的成色有七青、八黄、九紫、十赤之分。这里代指钱财。

⓭掂（diān）斤播两：估量轻重，计较多少。

⓮常住：僧人称寺院为常住。

⓯枯木堂：和尚打坐修行的地方。

⓰胡伶渌（lù）老：灵活的眼睛。

⓱眼挫：眼角。抹：斜视。

⓲演撒：勾搭。

⓳既不沙：既不是。沙，语助词。

⓴睃（suō）趁：瞧，看。趁，语助词。

㉑晃：本义是明亮，这里是漂亮的意思。

㉒法言：合乎礼法的语言。

㉓没则罗：没有。罗，语助词。

㉔唐三藏（zàng）：唐僧玄奘。这里用以调侃法本。

㉕禫（dàn）日：举行祭祀除去丧服的日子。

㉖汤（tàng）：触，碰。

㉗飏（yáng）下：丢下，抛开。

㉘赤紧的：当真的，真个是。

㉙阮郎：指阮肇。传说东汉刘晨、阮肇入天台山采药，遇桃园仙女于武陵溪，留住半年，回到人间。

㉚德言工貌：封建时代要求妇女的四种品行。

㉛玉笋：比喻美女的手指。

㉜强（jiàng）：嘴硬。

㉝少可：至少。可，语助词。

第三折

〔正旦上，云〕老夫人着红娘问长老去了，这小贱人不来我行回话。〔红上，云〕回夫人话了，去回小姐话去。〔旦云〕使你问长老：几时做好事？〔红云〕恰回夫人话也，正待回姐姐话：二月十五日，请夫人姐姐拈香。〔红笑云〕姐姐，你不知，我对你说一件好笑的勾当。咱前日寺里见的那秀才，今日也在方丈里。他先出门儿外等着红娘，深深唱个喏[1]道："小生姓张，名珙，字君瑞，本贯西洛人也，年二十三岁，正月十七日子时建生，并不曾娶妻。"姐姐，却是谁问他来？他又问："那壁小娘子莫非莺莺小姐的侍妾乎？小姐常出来么？"被红娘抢白了一顿呵回来了。

姐姐，我不知他想甚么哩，世上有这等傻角！〔旦笑云〕红娘，休对夫人说。天色晚也，安排香案，咱花园内烧香去来。〔下〕〔末上，云〕搬至寺中，正近西厢居址。我问和尚每[②]来，小姐每夜花园内烧香。这个花园和俺寺中合着。比及小姐出来，我先在太湖石畔墙角儿边等待，饱看一会。两廊僧众都睡着了。夜深人静，月朗风清，是好天气也呵！正是：闲寻方丈高僧语，闷对西厢皓月吟。

【越调·斗鹌鹑】 玉宇无尘，银河泻影；月色横空，花阴满庭；罗袂生寒，芳心自警。侧着耳朵儿听，蹑着脚步儿行：悄悄冥冥，潜潜等等。

【紫花儿序】 等待那齐齐整整，袅袅婷婷，姐姐莺莺。一更之后，万籁无声，直至莺庭。若是回廊下没揣的[③]见俺可憎，将他来紧紧的搂定；则问你那会少离多有影无形。

〔旦引红娘上，云〕开了角门儿，将香桌出来者。〔末唱〕

【金蕉叶】 猛听得角门儿呀的一声，风过处衣香细生。踮着脚尖儿仔细定睛，比我那初见时庞儿越整。

〔旦云〕红娘，移香桌儿近太湖石畔放者。〔末做看科，云〕料想春娇厌拘束，等闲飞出广寒宫[④]。看他容分一捻[⑤]，体露半襟，亸香袖以无言，垂罗裙而不语。似湘陵妃子[⑥]，斜倚舜庙朱扉；如玉殿嫦娥，微现蟾宫素影。是好女子

【批注】

只“休对夫人说”一语，就准确而微妙地传达出她对张生的钟情和关心，以及在爱情问题上与老夫人的隔阂。

【批注】

连用十个叠字倒衬于“莺莺”二字之上，累累然如线贯珠，摹写出张生的急迫之情。

【批注】

【金蕉叶】一曲，写莺莺自远而渐近，张生越看越分明，神情毕肖。与第一折【寄生草】合看，可悟作曲之法。

也呵！

【调笑令】我这里甫能[7]、见娉婷，比着那月殿嫦娥也不恁般撑[8]。遮遮掩掩穿芳径，料应来小脚儿难行。可喜娘的脸儿百媚生，兀的不引了人魂灵！

〔旦云〕取香来。〔末云〕听小姐祝告甚么。〔旦云〕此一炷香，愿化去先人，早生天界。此一炷香，愿堂中老母，身安无事。此一炷香……〔做不语科〕〔红云〕姐姐不祝这一炷香，我替姐姐祝告：愿俺姐姐早寻一个姐夫，拖带红娘咱！〔旦再拜云〕心中无限伤心事，尽在深深两拜中。〔长吁科〕〔末云〕小姐倚栏长叹，似有动情之意。

【小桃红】夜深香霭散空庭，帘幕东风静。拜罢也斜将曲栏凭，长吁了两三声。剔团圞明月如悬镜。又不是轻云薄雾，都则是香烟人气，两般儿氤氲[9]得不分明。

我虽不及司马相如，我只看小姐颇有文君之意。我且高吟一绝，看他则甚："月色溶溶夜，花阴寂寂春；如何临皓魄，不见月中人？"〔旦云〕有人墙角吟诗。〔红云〕这声音便是那二十三岁不曾娶妻的那傻角。〔旦云〕好清新之诗，我依韵做一首。〔红云〕你两个是好做一首。〔旦念诗云〕"兰闺久寂寞，无事度芳春；料得行吟者，应怜长叹人。"〔末云〕好应酬得快也呵！

【批注】

提及择夫，无限伤怀，可见莺莺对父母包办婚姻早就不满，后来封建文人说她原来怎样端庄守礼，心如止水，只是偶然中见了张生才动心，全是梦话。

【批注】

月下联吟，充满诗情画意。

【批注】

由羡其貌，到慕其才。爱情基础又加深一步。

【秃厮儿】 早是那脸儿上扑堆[10]着可憎，那堪那心儿里埋没着聪明。他把那新诗和得忒应声，一字字，诉衷情，堪听。

【圣药王】 那语句清，音律轻，小名儿不枉了唤做莺莺。他若是共小生、厮觑定，隔墙儿酬和到天明。方信道“惺惺的自古惜惺惺[11]”。

我撞出去，看他说甚么。

【麻郎儿】 我拽起罗衫欲行，〔旦做见科〕他陪着笑脸儿相迎。不做美的红娘忒浅情，便做道“谨依来命”……

〔红云〕姐姐，有人，咱家去来，怕夫人嗔着。〔莺回顾下〕〔末唱〕

【幺篇】 我忽听、一声、猛惊。元来是扑剌剌宿鸟飞腾，颤巍巍花梢弄影，乱纷纷落红满径。

小姐，你去了呵，那里发付小生！

【络丝娘】 空撇下碧澄澄苍苔露冷，明皎皎花筛月影。白日凄凉枉耽病，今夜把相思再整。

【东原乐】 帘垂下，户已扃，却才个悄悄相问，他那里低低应。月朗风清恰二更，厮傒幸[12]：他无缘，小生薄命。

【绵搭絮】 恰寻归路，伫立空庭，竹梢风摆，斗柄云横。呀！今夜凄凉有四星[13]，他不偢人待怎生！虽然是眼角儿传情，咱两个口不言心自省。

今夜甚睡到得我眼里呵！

【批注】

借莺莺小名赞其吟诗语清音轻，想象丰富，构思奇妙。

【批注】

此为“排递语”。人去则鸟惊飞，鸟惊飞则振动花影，花落则红满径。首六字，三句，三韵，俱平声，为本调“务头”，词家以此为难，亦以此见巧。

【批注】

【络丝娘】以下四曲，以景融情、映情、抒情。

【拙鲁速】对着盏碧荧荧短檠灯，倚着扇冷清清旧帏屏。灯儿又不明，梦儿又不成；窗儿外淅零零的风儿透疏棂，忒楞楞的纸条儿鸣；枕头儿上孤另，被窝儿里寂静。你便是铁石人，铁石人也动情。

【幺篇】怨不能，恨不成，坐不安，睡不宁。有一日柳遮花映，雾帐云屏，夜阑人静，海誓山盟。恁时节风流嘉庆，锦片也似前程⑭，美满恩情，咱两个画堂春自生。

【尾】一天好事从今定，一首诗分明照证；再不向青琐闼⑮梦儿中寻，只去那碧桃花⑯树儿下等。〔下〕

【批注】

写其失望，复又写其有望，笔势曲折，波澜起伏，煞尾以俊语作结，金圣叹谓之“龙王掉尾法”。

注释

❶唱个喏（rě）：作个揖。

❷每：们。

❸没揣的：猛然间，意外的。

❹广寒宫：月宫。

❺容分一捻：指容貌只显露了一小部分。一捻，一条儿。

❻湘陵妃子：指舜的两个妃子娥皇、女英。

❼甫能：刚才。

❽撑：即“撑达”，美丽、漂亮的意思。

❾氤氲（yīnyūn）：烟气混杂蒸腾的样子。

❿扑堆：铺摆堆积，这里是显露的意思。

⓫惺（xīng）惺：聪明。惺惺惜惺惺，当时成语。

⓬傒（xī）幸：苦恼。

⑬四星：古人以二分半为一星，四星是“十分”的意思。
⑭前程：元剧多指婚姻。
⑮青琐闼（tà）：宫门，这里代指朝廷。青琐，古代宫门上的一种装饰。
⑯碧桃花：元剧用以代指男女幽会的地方。

第四折

〔洁引聪上，云〕今日二月十五日开启①，众僧动法器②者。请夫人小姐拈香。比及夫人未来，先请张生拈香。怕夫人问呵，则说道贫僧亲者。〔末上，云〕今日二月十五日，和尚请拈香，须索走一遭。

【双调·新水令】 梵王宫殿月轮高，碧琉璃瑞烟笼罩。香烟云盖结，讽咒③海波潮。幡影飘飖，诸檀越④尽来到。

【驻马听】 法鼓金铎，二月春雷响殿角；钟声佛号，半天风雨洒松梢。侯门不许老僧敲，纱窗外定有红娘报。害相思的馋眼脑⑤，见他时须看个十分饱。

〔末见洁科〕〔洁云〕先生先拈香，恐夫人问呵，则说是老僧的亲。〔末拈香科〕

【沉醉东风】 惟愿存在的人间寿高，亡化的天上逍遥。为曾、祖、父先灵，礼佛、法、僧三宝，焚名香暗中祷告：则愿得红娘休劣，夫人休焦，犬儿休恶。佛啰，早成就了幽期密约！

〔夫人引旦上，云〕长老请拈香，小姐，咱走

【批注】

本折写张生对莺莺的追求，场面从幽静趋于热闹。张生情思狂热，性格温厚，又有书生迂腐，表现在行为上，必然唐突鲁莽。喜剧效果从情节和人物性格中自然生发，步步向前推进。

【批注】

明祝语庄严，暗祷语诙谐，两相对照，妙趣横生。

一遭。〔末做见科〕〔觑聪云〕为你志诚呵，神仙下降也。〔聪云〕这生却早两遭儿也。〔末唱〕

【雁儿落】 我则道这玉天仙离了碧霄，原来是可意种来清醮[6]。小子多愁多病身，怎当他倾国倾城貌。

【得胜令】 恰便似檀口点樱桃，粉鼻儿倚琼瑶，淡白梨花面，轻盈杨柳腰。妖娆，满面儿扑堆着俏；苗条，一团儿衠是娇。

〔洁云〕贫僧一句话，夫人行敢道么？老僧有个敝亲，是个饱学的秀才，父母亡后，无可相报。对我说："央及带一分斋，追荐父母。"贫僧一时应允了，恐夫人见责。〔夫人云〕长老的亲便是我的亲，请来厮见咱。

〔末拜夫人科〕〔众僧见旦发科[7]〕〔末唱〕

【乔牌儿】 大师年纪老，法座上也凝眺；举名的班首真呆傍[8]，觑着法聪头做金磬敲。

【甜水令】 老的小的，村的俏的，没颠没倒，胜似闹元宵。稔色人儿，可意冤家，怕人知道，看时节泪眼偷瞧。

【折桂令】 着小生迷留没乱[9]，心痒难挠。哭声儿似莺啭乔林，泪珠儿似露滴花梢。大师也难学，把一个发慈悲的脸儿来朦着。击磬的头陀[10]懊恼，添香的行者[11]心焦。烛影风摇，香霭云飘；贪看莺莺，烛灭香消。

〔洁云〕风灭灯也。〔末云〕小生点灯烧香。〔旦与红云〕那生忙了一夜。

【批注】

至此才对莺莺容貌体态做工笔描写，以见张生前两次看得不甚分明，这次才看得仔细。在形象刻画上，层层展开，用的是画家的"皴染"手法。

【批注】

活画出众僧见莺莺后的惊艳情状，透过佛门清规，表现了人对爱情生活的共同要求，寓绝妙讽刺于喜剧效果之中。毛西河曰："三曲参错，写看莺莺处如《陌上桑》曲，虽本董词而章法特妙。"

【锦上花】外像儿风流，青春年少；内性儿聪明，冠世才学。扭捏着身子儿百般做作，来往向人前卖弄俊俏。

〔红云〕我猜那生——

【幺篇】黄昏这一回，白日那一觉，窗儿外那会镬铎[12]。到晚来向书帏里比及睡着，千万声长吁怎捱到晓。

〔末云〕那小姐好生顾盼小子。

【碧玉箫】情引眉梢，心绪你知道；愁种心苗，情思我猜着。畅懊恼！响铛铛云板[13]敲。行者又嚎，沙弥[14]又哨，恁须不夺人之好。

〔洁与众僧发科了〕〔动法器了，洁摇铃跪宣疏[15]了，烧纸科〕〔洁云〕天明了也，请夫人小姐回宅。〔末云〕再做一会也好，那里发付小生也呵！

【鸳鸯煞】有心争似无心好，多情却被无情恼。劳攘了一宵，月儿沉，钟儿响，鸡儿叫。畅道是[16]玉人归去得疾，好事收拾得早，道场毕诸人散了。酩子里[17]各归家，葫芦提闹到晓。〔并下〕

【络丝娘煞尾】则为你闭月羞花相貌，少不得剪草除根大小。

题目　老夫人闲春院　崔莺莺烧夜香

正名　小红娘传好事　张君瑞闹道场

【批注】

北曲一人主唱，此插入莺、红二人各唱一曲，属变体。

【批注】

第一本中，着重描写张生对莺莺的一见钟情，他以热烈追求自由爱情的果敢行为，赢得了莺莺的顾盼垂爱，莺莺逐步由被动走向主动，在下一本中作为主唱角色登场。

【批注】

本剧前四本人物下场后，有【络丝娘】一曲承上启下，相互连接。这是戏剧过渡到代言体后留下的叙事体的痕迹。

注释

❶开启：佛教徒做道场的开始。

❷法器：僧人做法事所用的乐器。

❸讽咒：念诵，这里指念经的声音。

❹檀越：施主。

❺眼脑：眼睛。

❻清醮（jiào）：参加和尚为消灾除祟而做的法事。

❼发科：指演员做出引起观众发笑的动作。

❽班首：原指礼仪班行中为首的人，这里指打头的和尚。呆傍（láo）：痴呆病。

❾迷留没乱：即“没撩没乱”。心神不定，神魂颠倒。

❿头陀：行脚乞食的僧人。这里泛指和尚。

⓫行者：出家而未经剃度的佛教徒。

⓬镬（huò）铎：喧闹。

⓭云板：古乐器，形状如云，官署、寺院和权门之家用为报事集众的信号。

⓮沙弥：小和尚。

⓯宣疏：宣读祝文。

⓰畅道是：真正是。“畅道”二字是【鸳鸯煞】曲子的定格。

⓱酩子里：昏昏沉沉，无精打采。

第二本

崔莺莺夜听琴

第一折

〔孙飞虎上开〕自家姓孙，名彪，字飞虎。方今唐德宗即位，天下扰攘。因主将丁文雅失政，俺分统五千人马，镇守河桥，劫掳良民财物。近知先相国崔珏之女莺莺，眉黛青颦，莲脸生春，有倾国倾城之容，西子太真[①]之颜，现在河中府普救寺借居。我心中想来：当今用武之际，主将尚然不正，我独廉何为！大小三军，听吾号令：人尽衔枚[②]，马皆勒口，连夜进兵河中府！掳莺莺为妻，是我平生愿足。〔下〕〔法本慌上〕谁想孙飞虎将半万贼兵围住寺门，鸣锣击鼓，呐喊摇旗，欲掳莺莺小姐为妻。我今不敢违误，即索报知夫人走一遭。〔下〕〔夫人慌上，云〕如此却怎了！俺同到小姐卧房里商量去。〔下〕〔旦引红上，云〕自见了张生，神魂荡漾，情思不快，茶饭少进。早是离人伤感，况值暮春天道，好烦恼人也呵！好句有情怜夜月，落花无语怨东风。

【批注】

李渔在《闲情偶寄》中说："一部《西厢》，止为张君瑞一人；而张君瑞一人，又止为'白马解围'一事；其余枝节，皆从此一事而生——夫人之许婚，张生之望配，红娘之勇于作合，莺莺之敢于失身，与郑恒之力争原配而不得，皆由于此。是'白马解围'四字，即作《西厢记》之主脑也。"

【仙吕·八声甘州】 恹恹瘦损，早是伤神，那值残春。罗衣宽褪，能消几度黄昏。风袅篆烟[3]不卷帘，雨打梨花深闭门；无语凭阑干，目断行云。

【混江龙】 落红成阵，风飘万点正愁人。池塘梦晓，阑槛[4]辞春；蝶粉轻沾飞絮雪，燕泥香惹落花尘；系春心情短柳丝长，隔花阴人远天涯近。香消了六朝金粉，清减了三楚精神。

〔红云〕姐姐情思不快，我将被儿熏得香香的，睡些儿。〔旦唱〕

【油葫芦】 翠被生寒压绣茵，休将兰麝熏；便将兰麝熏尽，则索自温存。昨宵个锦囊佳制[5]明勾引，今日个玉堂人物[6]难亲近。这些时坐又不安，睡又不稳，我欲待登临又不快，闲行又闷。每日价情思睡昏昏。

【天下乐】 红娘呵，我则索搭伏定鲛绡[7]枕头儿上盹。但出闺门，影儿般不离身。〔红云〕不干红娘事，老夫人着我跟着姐姐来。〔旦云〕俺娘也好没意思！这些时直恁般堤防着人；小梅香伏侍得勤，老夫人拘系得紧，则怕俺女孩儿折了气分。

〔红云〕姐姐往常不曾如此无情无绪；自见了那生，便觉心事不宁，却是如何？〔旦唱〕

【那吒令】 往常但见个外人，氲的早嗔；但见个客人，厌的[8]倒褪；从见了那人，兜的便亲。想着他昨夜诗，依前韵，酬和得清新。

【批注】

此二曲景含情，情点景，都是绝妙好词。

【批注】

“情短柳丝长”“人远天涯近”句以夸张反衬的手法抒发了莺莺的怨闷心理。吴梅评曰：“‘系春心情短柳丝长，隔花阴人远天涯近’，语妙古今；顾在当时，不甚以此等艳语为然也。”而明人习气，最赏此类艳语，何元朗即谓：“虽李供奉复生，亦岂能有以加之哉。”

【鹊踏枝】 吟得句儿匀，念得字儿真，咏月新诗，煞强似织锦回文[9]。谁肯把针儿将线引，向东邻通个殷勤。

【寄生草】 想着文章士，旖旎人；他脸儿清秀身儿俊，性儿温克[10]情儿顺，不由人口儿里作念心儿里印。学得来“一天星斗焕文章”，不枉了“十年窗下无人问”。

〔飞虎领兵上，围寺科〕〔下〕〔卒子内高叫云〕寺里人听者：限你每三日内将莺莺献出来与俺将军成亲，万事干休。三日之后不送出，伽蓝[11]尽皆焚烧，僧俗寸斩，不留一个。〔夫人、洁同上，敲门了〕〔红看了，云〕姐姐，夫人和长老都在房门前。〔旦见了科〕〔夫人云〕孩儿，你知道么，如今孙飞虎将半万贼兵围住寺门，道你“眉黛青颦，莲脸生春，似倾国倾城的太真”，要掳你做压寨夫人。孩儿，怎生是了也？〔旦唱〕

【六幺序】 听说罢魂离了壳，现放着祸灭身，将袖梢儿揾不住啼痕。好教我去住无因，进退无门，可着俺那埚儿里人急偎亲。孤孀子母无投奔，赤紧的先亡过了有福之人。耳边厢金鼓连天震，征云冉冉[12]，土雨[13]纷纷。

【幺篇】 那厮每风闻，胡云，道我“眉黛青颦，莲脸生春，恰便似倾国倾城的太真”；兀的不送了他三百僧人，半万贼军，半霎儿敢剪草除根？这厮每于家为国无忠信，恣情的掳掠人民，更将那天宫般盖造焚烧尽。则没那诸葛孔明，便

【批注】

本曲“儿”字连用，笔调轻松，感情亲切。

【批注】

放手渲染环境压力，置崔、张爱情于无望境地，然后杀出个孙飞虎，使剧情陡转，波澜迭起，绝处逢生，为喜剧结局提供了条件，成为全剧的喜剧性转机。

待要博望烧屯[14]。

〔夫人云〕老身年六十岁，不为寿夭；奈孩儿年少，未得从夫，却如之奈何？〔旦云〕孩儿有一计，想来则是将我与贼汉为妻，庶可免一家儿性命。〔夫人哭云〕俺家无犯法之男，再婚之女，怎舍得你献与贼汉，却不辱没了俺家谱！〔洁云〕俺同到法堂上两廊下，问僧俗有高见者，俺一同商议个长便[15]。〔同到法堂科〕〔夫人云〕小姐却是怎生？〔旦云〕不如将我与贼人，其便有五：

【后庭花】第一来免摧残老太君；第二来免堂殿作灰烬；第三来诸僧无事得安存；第四来先君灵柩稳；第五来欢郎虽是未成人，〔欢云〕俺呵，打甚么不紧。〔旦唱〕须是崔家后代孙。莺莺为惜己身，不行从[16]着乱军：诸僧众污血痕，将伽蓝火内焚，先灵为细尘，断绝了爱弟亲，割开了慈母恩。

【柳叶儿】呀，将俺一家儿不留一个龆龀[17]，待从军又怕辱没了家门。我不如白练套头儿寻个自尽，将我尸榇，献与贼人，也须得个远害全身。

【青歌儿】母亲，都做了莺莺生忿[18]，对傍人一言难尽。母亲，休爱惜莺莺这一身。您孩儿别有一计：不拣何人，建立功勋，杀退贼军，扫荡妖氛；倒陪家门[19]，情愿与英雄结婚姻，成秦晋[20]。

【批注】

老夫人时时以门第家谱为念，虽临危不舍，不免卫道者声气。

【批注】

三曲共三策：先是献贼之策，次是自尽之策，后是退兵择婚之策。末策是本意，逐步递入，层次分明。莺莺甘愿舍己救众，其品质光彩夺目。

〔夫人云〕此计较可。虽然不是门当户对，也强如陷于贼中。长老，在法堂上高叫："两廊僧俗，但有退兵之策的，倒陪房奁，断送莺莺与他为妻。"〔洁叫了，住[21]〕〔末鼓掌上，云〕我有退兵之策，何不问我？〔见夫人了〕〔洁云〕这秀才便是前日带追荐的秀才。〔夫人云〕计将安在？〔末云〕"重赏之下，必有勇夫；赏罚若明，其计必成。"〔旦背云〕只愿这生退了贼者。〔夫人云〕恰才与长老说下，但有退得贼兵的，将小姐与他为妻。〔末云〕既是恁的，休唬了我浑家，请入卧房里去，俺自有退兵之策。〔夫人云〕小姐和红娘回去者！〔旦对红云〕难得此生这一片好心！

【批注】

本折人物众多，但舞台调度处处以莺莺为中心。其他角色做戏，都在她身上得到反映。

【赚煞】诸僧众各逃生，众家眷谁偢问，这生不相识横枝儿着紧[22]。非是书生多议论，也堤防着玉石俱焚。虽然是不关亲，可怜见命在逡巡[23]，济不济权将秀才来尽[24]。果若有出师表文[25]，吓蛮书信[26]，张生呵，则愿你笔尖儿横扫了五千人。〔下〕

【批注】

莺莺背地为张生祝愿，既赞美了张生急人之难，又显示了她的无限情意，爱情及其基础更进一层。

注释

❶西子：指西施，春秋时越国的美女。太真：杨玉环，初为女道士，号太真，后被唐玄宗册封为贵妃。

❷衔枚：口中衔着像筷子一样的木棍。古代行军，为了防止士兵说话，让军士把类似筷子的东西含在嘴里，两头用绳子系在脖后。

❸篆烟：香烟上升时盘旋缭绕，状如篆文。

❹阑槛（jiàn）：花圃的围栏。这里指花圃。

❺锦囊佳制：好诗。这里指张生莺莺隔墙唱和的诗。

❻玉堂人物：文人学士。这里指张生。

❼鲛绡（jiāoxiāo）：传说中南海鲛人（人鱼）所织的一种丝织品，极薄不透水。也泛指薄纱。

❽厌的：忽然地，突然地。

❾织锦回文：晋朝人苏蕙，曾用锦丝织成回文诗，寄给远方的丈夫窦滔，表达爱情。

❿温克：温和自重。

⓫伽（qié）蓝：佛寺。

⓬冉（rǎn）冉：弥漫。

⓭土雨：尘土飞扬如雨。

⓮博望烧屯：三国故事，诸葛亮在博望坡火烧夏侯惇十万大军，立下初出茅庐第一功。

⓯长便：长策，妥善的办法。

⓰行从：顺从。

⓱龆龀（tiáochèn）：本义为儿童换齿，后代指儿童。

⓲生忿：忤逆不孝。

⓳家门：这里指家私财产。

⓴秦晋：秦秋时秦晋两国世通婚姻，后人就以秦晋代称婚姻。

㉑住：稍停。与现在话剧中的“哑场”相似。

㉒横枝儿着紧：意思是无亲无故也肯为之分忧出力。

㉓逡（qūn）巡：这里是“旦夕”的意思。

㉔尽：任凭。

㉕出师表文：诸葛亮出师讨伐曹魏前曾写过《出师表》上书给后主刘禅。这里借指发兵的文书。

㉖吓蛮书信：传说李白有醉草吓蛮书的故事。这里指退兵的书信。

第二折

〔夫人云〕此事如何？〔末云〕小生有一计，先用着长老。〔洁云〕老僧不会厮杀，请秀才别换一个。〔末云〕休慌，不要你厮杀。你出去与贼汉说："夫人本待便将小姐出来，送与将军，奈有父丧在身。不争[①]鸣锣击鼓，惊死小姐，也可惜了。将军若要做女婿呵，可按甲束兵，退一射之地。限三日功德圆满，脱了孝服，换上颜色衣服，倒陪房奁，定将小姐送与将军。不争便送来，一来父服在身，二来于军不利。"你去说来。〔洁云〕三日后如何？〔末云〕有计在后。〔洁朝鬼门道[②]叫科〕请将军打话。〔飞虎引卒上，云〕快送出莺莺来。〔洁云〕将军息怒！夫人使老僧来与将军说。〔说如前了[③]〕〔飞虎云〕既然如此，限你三日后，若不送来，我着你人人皆死，个个不存。你对夫人说去，恁的这般好性儿的女婿，教他招了者。〔引卒下〕〔洁云〕贼兵退了也，三日后不送出去，便都是死的。〔末云〕小子有一故人，姓杜，名确，号为白马将军，现统十万大兵，镇守着蒲关。一封书去，此人必来救我。此间离蒲关四十五里，写了书呵，怎得人送去？〔洁云〕若是白马将军肯来，何虑孙飞虎。俺这里有一个徒弟，唤作惠明，则是要吃酒厮打。若使央他去，定不肯去；须将言语激着他，

【批注】

此套有的本子与上折连属，有的作"楔子"，此从弘治本别为一折。

【批注】

惠明乃王实甫创造；《董西厢》赍书人是法聪。

他便去。〔末唤云〕有书寄与杜将军，谁敢去？谁敢去？〔惠明上，云〕我敢去！〔唱〕

【正宫·端正好】不念法华经[④]，不礼梁皇忏[⑤]，飏[⑥]了僧伽帽，袒下我这偏衫[⑦]。杀人心逗起英雄胆，两只手将乌龙尾钢椽揝[⑧]。

【滚绣球】非是我贪，不是我敢，知他怎生唤做打参[⑨]，大踏步直杀出虎窟龙潭。非是我搀[⑩]，不是我揽，这些时吃菜馒头委实口淡，五千人也不索炙煿煎爁[⑪]。腔子里热血权消渴，肺腑内生心且解馋，有甚腌臜[⑫]！

【叨叨令】浮沙羹、宽片粉添些杂糁[⑬]，酸黄齑、烂豆腐休调啖，万余斤黑面从教暗，我将这五千人做一顿馒头馅。是必休误了也么哥[⑭]！休误了也么哥！包残余肉把青盐蘸。

〔洁云〕张秀才着你寄书去蒲关，你敢去么？〔惠唱〕

【倘秀才】你那里问小僧敢去也那不敢，我这里启大师用咱也不用咱。你道是飞虎将声名播斗南[⑮]；那厮能淫欲，会贪婪，诚何以堪！

〔末云〕你是出家人，却怎不看经礼忏，则厮打为何？〔惠唱〕

【滚绣球】我经文也不会谈，逃禅[⑯]也懒去参；戒刀头近新来钢蘸，铁棒上无半星儿土渍尘缄。别的都僧不僧、俗不俗，女不女、男不男，则会斋得饱也则去那僧房中胡渰[⑰]，那里管焚烧了兜率也似伽蓝。则为那善文能武人千里，凭着

【批注】

钱南扬评曰："此套字字本色，雄奇排奡，视诸曲更一机杼！"

【批注】

元曲用监咸韵者甚少，此套下语颇为险峻。

【批注】

惠明不守清规佛法，却能在危难中挺身而出，显英雄本色。此寓作者嘲讽佛门、愤世嫉俗之情。

这济困扶危书一缄，有勇无慚。

〔末云〕他倘不放你过去如何？〔惠云〕他不放我呵，你放心！

【白鹤子】着几个小沙弥把幢幡宝盖擎，壮行者将杆棒镬叉担。你排阵脚将众僧安，我撞钉子[18]把贼兵来探。

【二】远的破开步将铁棒飐，近的顺着手把戒刀钐[19]；有小的提起来将脚尖跶[20]，有大的扳下来把髑髅勘[21]。

【一】瞅一瞅古都都翻了海波，滉一滉厮琅琅震动山岩；脚踏得赤力力地轴摇，手扳得忽剌剌天关撼。

【耍孩儿】我从来驳驳劣劣[22]，世不曾忑忑忐忐，打熬成不厌[23]天生敢。我从来斩钉截铁常居一，不似恁惹草拈花没掂三[24]。劣性子人皆惨，舍着命提刀仗剑，更怕甚勒马停骖。

【二】我从来欺硬怕软，吃苦不甘[25]，你休只因亲事胡扑掩[26]。若是杜将军不把干戈退，张解元干将风月担，我将不志诚的言词赚。倘或纰缪，倒大[27]羞慚。

〔惠云〕将书来，你等回音者。

【收尾】您与我助威风擂几声鼓，仗佛力呐一声喊。绣旗下遥见英雄俺，我教那半万贼兵唬破胆。〔下〕

〔末云〕老夫人长老都放心，此书到日，必有佳音。咱“眼观旌节旗，耳听好消息”。你看：

【批注】

有的版本，【二】【一】两曲次序颠倒。金圣叹评曰：“一阕虚写，一阕实写。”全是夸张戏谑之词，大有喜剧色彩！

一封书札逡巡至，半万雄兵咫尺来。〔并下〕

注释

❶不争：这里是若是、如果的意思。

❷鬼门道：舞台上演员上、下场的门。因为所演多为古人古事，所以称作“鬼门道”或“古门道”。

❸说如前了：就是把前面张生让法本说的话对孙飞虎再说一遍。这是一种省略简便的办法。

❹法华经：佛经的一种，即《妙法莲华经》的简称。

❺梁皇忏（chàn）：梁武帝萧衍所写的佛经名。

❻颩（diū）：扔掉。

❼偏衫：指袈裟。僧尼的一种法衣，袒露右臂，斜披在左肩上，所以称作“偏衫”。

❽乌龙尾钢椽：两头裹铁的棍棒。揝（zuàn）：同“攥”，握住。

❾打参：打坐参禅。

❿揽：争夺。

⓫炙煿（bó）煎爁（lǎn）：这里是煎炒烹炸的意思。炙，烤；煿，爆；爁，烧。

⓬腌臢（āzā）：肮脏。

⓭杂糁（sǎn）：菜粥。

⓮也么哥：语助词，无义，为此调定格。

⓯斗南：北斗星以南，意即天下。

⓰逃禅：这里应是学佛坐禅的意思。

⓱胡渰（yǎn）：装傻作痴。

⓲撞钉子：冒险的意思。

⓳钐（shàn）：砍。

⓴踵（zhuàng）：踢。

㉑劖：劈。

㉒驳驳劣劣：莽撞，暴烈。

㉓不厌：不倦，引申为坚强。

㉔没掂三：轻浮，糊涂。

㉕吃苦不甘：吃苦的不吃甜的，与“欺硬怕软”同义。

㉖胡扑掩：乱猜测。

㉗倒大：非常。

楔子

〔杜将军引卒子上开〕林下晒衣嫌日淡，池中濯足恨鱼腥；花根本艳[①]公卿子，虎体原斑[②]将相孙。自家姓杜，名确，字君实，本贯西洛人也。自幼与君瑞同学儒业，后弃文就武。当年武举及第，官拜征西大将军，正授管军元帅，统领十万之众，镇守着蒲关。有人自河中来，听知君瑞兄弟在普救寺中，不来望我；着人去请，亦不肯来，不知主甚意？今闻丁文雅失政，不守国法，剽掠黎民；我为不知虚实，未敢造次兴师。孙子曰：“凡用兵之法，将受命于君，合军聚众，圮地无舍[③]，衢地交合[④]，绝地无留，围地则谋，死地则战；途有所不由，军有所不击，城有所不攻，地有所不争，君命有所不受。故将通于九变之利者，知用兵矣。治兵不知九变之术，虽知五利，不能得人用矣。”吾之未疾进兵征讨者，为不知地利浅深出没之故也。昨日探听去，不见回报。今日升帐，看有甚军情来，报我知道者！〔卒子引惠明和尚上开〕〔惠明云〕我离了普救寺，一日至蒲关，见杜将军走一遭。〔卒报科〕

【批注】

毛西河本此处作楔子，甚是。兹从之。

【批注】

元曲作者每喜掉书袋，王实甫亦不免。

〔将军云〕着他过来！〔惠打问讯了，云〕贫僧是普救寺来的，今有孙飞虎作乱，将半万贼兵，围住寺门，欲劫故臣崔相国女为妻。有游客张君瑞，奉书令小僧拜投于麾下，欲求将军以解倒悬之危。〔将军云〕将过书来！〔惠投书了〕〔将军拆书念曰〕珙顿首再拜大元帅将军契兄纛下：伏自洛中，拜违犀表[⑤]，寒暄屡隔，积有岁月，仰德之私，铭刻如也。忆昔联床风雨，叹今彼各天涯；客况复生于肺腑，离愁无慰于羁怀。念贫处十年藜藿[⑥]，走困他乡；羡威统百万貔貅[⑦]，坐安边境。故知虎体食天禄，瞻天表，大德胜常；使贱子慕台颜，仰台翰，寸心为慰。辄禀：小弟辞家，欲诣帐下，以叙数载间阔之情；奈至河中府普救寺，忽值采薪之忧[⑧]，不及径造。不期有贼将孙飞虎，领兵半万，欲劫故臣崔相国之女，实为迫切狼狈。小弟之命，亦在逡巡。万一朝廷知道，其罪何归？将军倘不弃旧交之情，兴一旅之师；上以报天子之恩，下以救苍生之急；使故相国虽在九泉，亦不泯将军之德。愿将军虎视去书，使小弟鹄观来旌[⑨]。造次干渎，不胜惭愧。伏乞台照不宣。张珙再拜。二月十六日书。〔将军云〕既然如此，和尚你行，我便来。〔惠明云〕将军是必疾来者！〔唱〕

【仙吕·赏花时】那厮掳掠黎民德行短，将军镇压边庭机变宽。他弥天罪有百千般，若将军不管，纵贼寇骋无端。

【批注】

“赏花时”二曲，或存或删，以存者为是。

【幺篇】便是你坐视朝廷将帝主瞒。若是扫荡妖氛着百姓欢，干戈息，大功完，歌谣遍满，名誉到金銮。〔下〕

〔将军云〕虽无圣旨发兵，将在军，君命有所不受。大小三军，听吾将令：速点五千人马，人尽衔枚，马皆勒口，星夜起发，直至河中府普救寺救张生走一遭。〔飞虎引卒子上开〕〔将军引卒子骑竹马调阵⑩拿绑下〕〔夫人、洁同末上，云〕下书已两日，不见回音。〔末云〕山门外呐喊摇旗，莫不是俺哥哥军至了。〔末见将军了〕〔引夫人拜了〕〔将军云〕杜确有失防御，致令老夫人受惊，切勿见罪是幸！〔末拜将军了〕自别兄长台颜，一向有失听教；今得一见，如拨云睹日。〔夫人云〕老身子母，如将军所赐之命，将何补报？〔将军云〕不敢，此乃职分之所当为。敢问贤弟，因甚不至戎帐？〔末云〕小弟欲来，奈小疾偶作，不能动止，所以失敬。今见夫人受困，所言退得贼兵者，以小姐妻之，因此愚弟作书请吾兄。〔将军云〕既然有此姻缘，可贺，可贺！〔夫人云〕安排茶饭者！〔将军云〕不索，尚有余党未尽，小官去捕了，却来望贤弟。左右那里，去斩孙飞虎去！〔拿贼了〕本欲斩首示众，具表奏闻，见丁文雅失守之罪，恐有未叛者，今将为首者各杖一百，余者尽归旧营去者！〔孙飞虎谢了下〕〔将军云〕张生建退贼之策，夫人面许结亲；若不违前言，淑女可配君子也。〔夫人

【批注】

将军破贼解围，是作者为喜剧结局预设的重要关目。至此，崔、张结合具有了道义、情理上的合理性。

云〕恐小女有辱君子。〔末云〕请将军筵席者！〔将军云〕我不吃筵席了，我回营去，异日却来庆贺。〔末云〕不敢久留兄长，有劳台候。〔将军望蒲关起发〕〔众念云〕马离普救敲金镫，人望蒲关唱凯歌。〔下〕〔夫人云〕先生大恩，不敢忘也。自今先生休在寺里下，则着仆人寺内养马，足下来家内书院里安歇。我已收拾了，便搬来者。到明日略备草酌，着红娘来请，你是必来一会，别有商议。〔下〕〔末云〕这事都在长老身上。〔问洁云〕小子亲事未知何如？〔洁云〕莺莺亲事拟定妻君。“只因兵火至，引起雨云心。”〔下〕〔末云〕小子收拾行李去花园里去也。〔下〕

【批注】

先是避开将军对崔、张姻缘的祝贺，但云安排茶饭，此又言明日必来一会，别有商议，已为赖婚埋下伏线。

注释

❶花根本艳：花朵的艳丽本来自根。这里用以比喻公卿之子自然富贵。

❷虎体原斑：虎身上的花纹也是天生自有的。这里比喻将相的子孙自然尊荣。

❸圮（pǐ）地无舍：有倾塌风险的地方不能宿营。

❹衢地交合：四通八达的大路交叉处要设重兵把守。

❺犀表：武将的仪表。

❻藜藿（líhuò）：指粗劣的饭菜。藜，灰菜；藿，豆叶。

❼貔貅（píxiū）：本为猛兽名，多用以代指将士。

❽采薪之忧：原意是患病不能打柴，后用为自称有病的婉辞。

❾鹄观来旌：瞻望大军到来。鹄观，像天鹅一样伸颈远望。

❿骑竹马调阵：指剧中人骑着竹马摆开阵式打仗。

第三折

〔夫人上，云〕今日安排下小酌，单请张生酬劳。道与红娘，疾忙去书院中请张生，着他是必便来，休推故。〔下〕〔末上，云〕夜来老夫人说，着红娘来请我，却怎生不见来？我打扮着等他。皂角[①]也使过两个也，水也换了两桶也，乌纱帽擦得光挣挣的。怎么不见红娘来也呵？〔红娘上，云〕老夫人使我请张生。我想若非张生妙计呵，俺一家儿性命难保也呵。

【中吕·粉蝶儿】半万贼兵，卷浮云片时扫净，俺一家儿死里逃生。舒心的列山灵，陈水陆[②]，张君瑞合当钦敬。当日所望无成；谁想一缄书倒为了媒证。

【批注】

红娘神采飞扬，张生急不可待，他们都以为好事已经天成。此处写得愈足，愈与后文夫人赖婚形成强烈对比，使剧情大起大落，扣人心弦。

【醉春风】今日个东阁玳筵开[③]，煞强如西厢和月等。薄衾单枕有人温，早则不冷、冷。受用足宝鼎香浓，绣帘风细，绿窗人静。

可早来到也。

【脱布衫】幽僻处可有人行，点苍苔白露泠泠。隔窗儿咳嗽了一声，〔红敲门科〕〔末云〕是谁来也？〔红云〕是我。他启朱唇急来答应。

〔末云〕拜揖小娘子。〔红唱〕

【小梁州】只见他叉手忙将礼数迎，我这里“万福，先生”。乌纱小帽耀人明，白襕[④]净，角带傲黄鞓[⑤]。

【批注】

“万福，先生”以白入曲，此即以曲代白法。

【幺篇】衣冠济楚庞儿俊，可知道引动俺莺莺。据相貌，凭才性，我从来心硬，一见了也留情。

〔末云〕“既来之，则安之。”请书房内说话。小娘子此行为何？〔红云〕贱妾奉夫人严命，特请先生小酌数杯，勿却。〔末云〕便去，便去。敢问席上有莺莺姐姐么？〔红唱〕

【上小楼】“请”字儿不曾出声，“去”字儿连忙答应；可早莺莺根前，“姐姐”呼之，喏喏连声。秀才每闻道“请”，恰便似听将军严令，和他那五脏神[⑥]愿随鞭镫。

【批注】细节描写生动形象、出神入化。

〔末云〕今日夫人端的为甚么筵席？〔红唱〕

【幺篇】第一来为压惊，第二来因谢承。不请街坊，不会亲邻，不受人情。避众僧，请老兄，和莺莺匹聘。〔末云〕如此小生欢喜。〔红唱〕则见他欢天喜地，谨依来命。

【批注】一问一答，曲白相生。

〔末云〕小生客中无镜，敢烦小娘子看小生一看何如？〔红唱〕

【满庭芳】来回顾影，文魔秀士[⑦]，风欠酸丁[⑧]。下工夫将额颅十分挣，迟和疾擦倒苍蝇，光油油耀花人眼睛，酸溜溜螯得人牙疼。〔末云〕夫人办甚么请我？〔红唱〕茶饭已安排定，淘下陈仓米数升，炸下七八碗软蔓青[⑨]。

【批注】通过外貌、打扮装束写人物心理。“来回顾影”四字活画张生形象。

〔末云〕小生想来：自寺中一见了小姐之后，不想今日得成婚姻，岂不为前生分定？〔红云〕姻缘非人力所为，天意尔。

【快活三】咱人一事精，百事精；一无成，百无成。世间草木本无情，自古云："地生连理木，水出并头莲。"他犹有相兼并[10]。

【批注】

"一事精"四句系成语。

【朝天子】休道这生，年纪儿后生，恰学害相思病。天生聪俊，打扮素净，奈夜夜成孤另。才子多情，佳人薄幸，兀的不担阁了人性命。〔末云〕你姐姐果有信行？〔红唱〕谁无一个信行，谁无一个志诚，您两个今夜亲折证[11]。

【批注】

徐士范评："红娘之善谑如此！"

我嘱咐你咱！

【四边静】今宵欢庆，软弱莺莺，可曾惯经。你索款款轻轻，灯下交鸳颈。端详可憎，好煞人也无干净！

〔末云〕小娘子先行，小生收拾书房便来。敢问那里有甚么景致？〔红唱〕

【耍孩儿】俺那里落红满地胭脂冷，休辜负了良辰美景。夫人遣妾莫消停，请先生勿得推称。俺那里准备着鸳鸯夜月销金帐[12]，孔雀春风软玉屏[13]。乐奏合欢令，有凤箫象板[14]，锦瑟鸾笙[15]。

【批注】

揣想婚礼的喜庆景象，是本折开首喜剧气氛的延续，为赖婚后的痛苦失望作反衬。

〔末云〕小生书剑飘零，无以为财礼，却是怎生？〔红唱〕

【四煞】聘财断不争，婚姻自有成，新婚燕尔[16]安排定。你明博得跨凤乘鸾客[17]，我到晚来卧看牵牛织女星。休傒幸，不要你半丝儿红线[18]，成就了一世儿前程。

【三煞】凭着你灭寇功，举将能，两般儿功

效如红定[19]。为甚俺莺娘心下十分顺，都则为君瑞胸中百万兵。越显得文风盛，受用足珠围翠绕，结果了黄卷青灯[20]。

【二煞】 夫人只一家，老兄无伴等，为嫌繁冗寻幽静。〔末云〕别有甚客人？〔红唱〕单请你个有恩有义闲中客，且回避了无是无非窗下僧。夫人的命，道足下莫教推托，和贱妾即便随行。

〔末云〕小娘子先行，小生随后便来。〔红唱〕

【收尾】 先生休作谦，夫人专意等。常言道"恭敬不如从命"，休使得梅香再来请。〔下〕

〔末云〕红娘去了，小生拽上书房门者。我比及到得夫人那里，夫人道："张生，你来了也，饮几杯酒，去卧房内和莺莺做亲去！"小生到得卧房内，和姐姐解带脱衣，颠鸾倒凤，同谐鱼水之欢[21]，共效于飞[22]之愿。觑他云鬟低坠，星眼微朦，被翻翡翠，袜绣鸳鸯。不知性命何如？且看下回分解。

〔笑云〕单羡法本好和尚也：只凭说法口，遂却读书心。〔下〕

注释

❶皂角：皂荚树结的角荚，可以洗衣去污。

❷舒心：心甘情愿。列山灵，陈水陆：摆列山珍海味。

❸东阁玳（dài）筵开：打开东阁门，摆设丰盛精美的筵席。东阁，这里指款待宾客的地方。

❹白襕（lán）：白细布做的上下衣相连的服装。

❺角带傲黄鞓（tīng）：黄色的布腰带上装饰着兽角。

❻五脏神：指心、肝、肺、肾、脾五脏。

❼文魔秀士：好文入迷的秀才。

❽风欠酸丁：风魔痴呆的书生。

❾蔓青：蔬菜名，又名芜菁，根可做菜，是贫寒人家的食物。

❿兼并：匹配，比并。

⓫折证：对证。

⓬销金帐：用金线绣着各种装饰图案的床帐。

⓭软玉屏：用玉石点缀的围屏。

⓮凤箫：即排箫，由若干长短不同的竹管编排而成的一种管乐器。象板：象牙制的拍板。

⓯锦瑟：装饰华美的瑟。鸾笙：即笙，一种簧管乐器。

⓰燕尔：形容新婚安乐的样子。

⓱跨凤乘鸾客：本指萧史。萧史，秦人，善吹箫，娶秦穆公的女儿弄玉为妻，教弄玉吹箫作凤鸣，一日吹箫引来凤凰，夫妻乘之而仙去。这里指张生成为新婿。

⓲红线：传说中月下老人用红线系男女之足，男女就会成为夫妻。

⓳红定：男方送给女方定亲的财礼。

⓴黄卷青灯：指读书人的清苦生活。黄卷，指书；青灯，幽暗的灯光。

㉑鱼水之欢：比喻夫妻的合欢。

㉒于飞：《诗·大雅·卷阿》：“凤凰于飞，翙（huì）翙其羽。”本指凤和凰相偕而飞，后用以比喻夫妻的和谐。

第四折

〔夫人排桌子上，云〕红娘去请张生，如何不见来？〔红见夫人云〕张生着红娘先行，随后便来也。〔末上，见夫人施礼科〕〔夫人云〕前

【批注】

内里虚伪，表面真诚，老夫人果善权变。

日若非先生，焉得有今日；我一家之命，皆先生所活也。聊备小酌，非为报礼，勿嫌轻意。〔末云〕“一人有庆，兆民赖之[1]。”此贼之败，皆夫人之福。万一杜将军不至，我辈皆无免死之术。此皆往事，不必挂齿。〔夫人云〕将酒来，先生满饮此杯。〔末云〕“长者赐，少者不敢辞。”〔末做饮酒科〕〔末把夫人酒了〕〔夫人云〕先生请坐！〔末云〕小子侍立座下，尚然越礼，焉敢与夫人对坐。〔夫人云〕道不得个“恭敬不如从命”。〔末谢了，坐〕〔夫人云〕红娘，去唤小姐来，与先生行礼者！〔红朝鬼门道唤云〕老夫人后堂待客，请小姐出来哩！〔旦应云〕我身子有些不停当，来不得。〔红云〕你道请谁哩？〔旦云〕请谁？〔红云〕请张生哩！〔旦云〕若请张生，扶病也索走一遭。〔红发科了〕〔旦上〕免除崔氏全家祸，尽在张生半纸书。

【批注】

一却一应，情态逼真，观众能不发出会心微笑？

【双调·五供养】若不是张解元识人多，别一个怎退干戈。排着酒果，列着笙歌。篆烟微，花香细，散满东风帘幕。救了咱全家祸，殷勤呵正礼，钦敬呵当合。

【批注】

前写张生、红娘受骗，此写莺莺受骗，欲抑先扬，写透写足。

【新水令】恰才向碧纱窗下画了双蛾，拂拭了罗衣上粉香浮涴[2]，只将指尖儿轻轻的贴了钿窝[3]。若不是惊觉人呵，犹压着绣衾卧。

【批注】

毛评：“‘惊觉’指红唤，此以撒娇处见殷勤意。”

〔红云〕觑俺姐姐这个脸儿吹弹得破，张生有福也呵！〔旦唱〕

【幺篇】没查没利谎偻科[4]，你道我宜梳妆的脸儿吹弹得破。〔红云〕俺姐姐天生的一个夫人的样儿。〔旦唱〕你那里休聒，不当一个信口开合。知他命福是如何？我做一个夫人也做得过。

〔红云〕往常两个都害，今日早则喜也！〔旦唱〕

【乔木查】 我相思为他，他相思为我，从今后两下里相思都较可。酬贺间礼当酬贺，俺母亲也好心多。

〔红云〕敢着小姐和张生结亲呵，怎生不做大筵席，会亲戚朋友，安排小酌为何？〔旦云〕红娘，你不知夫人意。

【搅筝琶】 他怕我是赔钱货，两当一便成合。据着他举将除贼，也消得家缘过活。费了甚一股那[⑤]，便待要结丝萝[⑥]；休波，省人情的奶奶忒虑过，恐怕张罗。

〔末云〕小子更衣咱。〔做撞见旦科〕〔旦唱〕

【庆宣和】 门儿外，窗儿前，将小脚儿那。我恰待目转秋波，谁想那识空便的灵心儿早瞧破。唬得我倒躲，倒躲。

〔末见旦科〕〔夫人云〕小姐近前拜了哥哥者！〔末背云〕呀，声息不好了也！〔旦云〕呀，俺娘变了卦也！〔红云〕这相思又索害也。〔旦唱〕

【雁儿落】 荆棘刺怎动那！死没腾无回豁[⑦]！措支刺[⑧]不对答！软兀刺难存坐！

【得胜令】 谁承望这即即世世[⑨]老婆婆，着

【批注】

红娘起疑，显其敏感机警；莺莺既有不满又自慰自解，显其通达贤良。人物行为入情入理，赖婚前伏势又一跌宕。

【批注】

老夫人赖婚用一句话揭出，莺莺、张生、红娘立即激起强烈反应，戏剧气氛骤然紧张。前面铺垫得充分，这里展开得利索，手法高妙。

莺莺做妹妹拜哥哥。白茫茫溢起蓝桥水[10]，不邓邓点着祆庙火[11]。碧澄澄清波，扑剌剌将比目鱼分破；急攘攘因何，扢搭地把双眉锁纳合。

〔夫人云〕红娘看热酒，小姐与哥哥把盏者！〔旦唱〕

【甜水令】我这里粉颈低垂，蛾眉频蹙，芳心无那，俺可甚“相见话偏多”？星眼朦胧，檀口嗟咨，攧窨[12]不过，这席面儿畅好是乌合。

〔旦把酒科〕〔夫人央科〕〔末云〕小生量窄。〔旦云〕红娘接了台盏者！

【折桂令】他其实咽不下玉液金波。谁承望月底西厢，变做了梦里南柯[13]。泪眼偷淹，酩子里揾湿香罗。他那里眼倦开软瘫做一垛；我这里手难抬称不起肩窝。病染沉疴，断然难活。则被你送了人呵，当甚么喽啰[14]。

〔夫人云〕再把一盏者！〔红递盏了〕〔旦唱〕

【月上海棠】一杯闷酒尊前过，低首无言自摧挫。不堪醉颜酡[15]，却早嫌玻璃盏大。从因我，酒上心来较可。

〔红背与旦云〕姐姐，这烦恼怎生是了！〔旦唱〕

【幺篇】而今烦恼犹闲可[16]，久后思量怎奈何？有意诉衷肠，争奈母亲侧坐，成抛躲，咫尺间如间阔[17]。

〔夫人云〕红娘送小姐卧房里去者！〔旦辞

【批注】

今天舞台演出，在这里常用一个掷杯的动作，突出表现莺莺此时内心的怨愤。这比单单一句说白更有效果。

末出科〕〔旦云〕俺娘好口不应心也呵！

【乔牌儿】老夫人转关儿没定夺，哑谜儿怎猜破；黑阁落甜话儿将人和，请将来着人不快活。

【江儿水】佳人自来多命薄，秀才每从来懦。闷杀没头鹅[18]，撇下陪钱货；不争你不成亲呵，下场头那答儿发付我！

【殿前欢】恰才个笑呵呵，都做了江州司马泪痕多[19]。若不是一封书将半万贼兵破，俺一家儿怎得存活。他不想结姻缘想甚么？到如今难着莫[20]。老夫人谎到天来大；当日成也是您个母亲，今日败也是您个萧何[21]。

【离亭宴带歇指煞】从今后玉容寂寞梨花朵，胭脂浅淡樱桃颗，这相思何时是可？昏邓邓黑海来深，白茫茫陆地来厚，碧悠悠青天来阔；太行山般高仰望，东洋海般深思渴。毒害的恁么。俺娘呵，将颤巍巍双头花蕊搓，香馥馥同心缕带割，长搀搀连理琼枝挫。白头娘不负荷，青春女成担搁，将俺那锦片也似前程蹬脱。俺娘把甜句儿落空了他，虚名儿误赚了我。〔下〕

〔末云〕小生醉也，告退。夫人根前，欲一言以尽意，未知可否？前者贼寇相迫，夫人所言，能退贼者，以莺莺妻之。小生挺身而出，作书与杜将军，庶几得免夫人之祸。今日命小生赴宴，将谓有喜庆之期；不知夫人何见，以兄妹之礼相待？小生非图哺啜而来，此事果若不谐，小

【批注】

不作正面抗争，而用大段唱曲尽情抒发内心怨愤，切合莺莺身份性格。【乔牌儿】三曲是对封建家长制虚伪本质和封建势力摧残青年爱情幸福的揭露和控诉。

【批注】

【离】调多用三句对法。读来激越剀切。

生即当告退。〔夫人云〕先生纵有活我之恩，奈小姐先相国在日，曾许下老身侄儿郑恒。即日有书赴京唤去了，未见来。如若此子至，其事将如之何？莫若多以金帛相酬，先生拣豪门贵宅之女，别为之求，先生台意若何？〔末云〕既然夫人不与，小生何慕金帛之色？却不道"书中有女颜如玉"？则今日便索告辞。〔夫人云〕你且住者，今日有酒也。红娘扶将哥哥去书房中歇息，到明日咱别有话说。〔下〕〔红扶末科〕〔末念〕有分只熬萧寺夜，无缘难遇洞房春。〔红云〕张生，少吃一盏却不好！〔末云〕我吃甚么来！〔末跪红科〕小生为小姐，昼夜忘餐废寝，魂劳梦断，常忽忽如有所失。自寺中一见，隔墙酬和，迎风待月，受无限之苦楚。甫能得成就婚姻，夫人变了卦，使小生智竭思穷，此事几时是了！小娘子怎生可怜见小生，将此意申与小姐，知小生之心。就小娘子前解下腰间之带，寻个自尽。〔末念〕可怜刺股悬梁[22]志，险作离乡背井魂。〔红云〕街上好贱柴，烧你个傻角[23]。你休慌，妾当与君谋之。〔末云〕计将安在？小生当筑坛拜将。〔红云〕妾见先生有囊琴一张，必善于此。俺小姐深慕于琴。今夕妾与小姐同至花园内烧夜香，但听咳嗽为令，先生动操[24]；看小姐听得时，说甚么言语，却将先生之言达知。若有话说，明日妾来回报，这早晚怕夫人寻我，回去也。〔下〕

【批注】

张生毕竟书生意气，不堪一击。

【批注】

几句对话令人生笑。张生之迂，红娘之精警尖利，跃然纸上。紧张局面既得缓解，悲切气氛又为喜剧效果代替。

注释

❶一人有庆，兆民赖之：这里的意思是，一人有福，大家沾光。

❷浮涴（wò）：浮污，浮尘。

❸钿窝：贴在脸上的花钿。

❹没查没利谎偻科：信口开河的小鬼头。没查没利，说话不正经、没定准。偻科，精明、机灵、能干的小家伙。

❺一股那：一股脑儿。

❻丝萝：菟丝和女萝，比喻婚姻。

❼死没腾：呆呆地，没生气的样子。回豁：反应。

❽措支剌：张皇失措的样子。

❾即即世世："积世"一词的重叠，指老于世故，阅历甚深，引申为狡猾奸诈、老奸巨滑的意思。

❿蓝桥水：尾生和一个女子相爱，约定在蓝桥下会面。尾生先到，女子未至。不料河水上涨，尾生坚守信约，不肯离去，竟被水淹死。典出《庄子》。

⓫祆（xiān）庙火：祆庙为波斯拜火教的寺院。相传蜀帝的公主和乳母陈氏的儿子相爱，约定在祆庙相会。公主到了庙里，正遇陈生熟睡，便将幼时所玩的玉环放在陈生的怀里而去。陈生醒后，知道公主来过，怨气化火而庙毁。后用为姻缘不遂之典。典出《渊鉴类函》引《蜀志》。

⓬撷窨（diānyìn）：顿足怨恨。

⓭梦里南柯（kē）：南柯一梦。唐代李公佐《南柯太守传》写淳于棼（fén）在梦中做了槐安国驸马，任南柯太守二十年，梦醒后寻访旧迹，才知所谓"槐安国""南柯郡"乃是槐树洞中的蚁穴。

⓮喽啰：这里是能干、英雄的意思。

⓯酡（tuó）：饮酒脸红。

⓰闲可：平常、不要紧的意思。

⓱间（jiàn）阔：远隔。

⓲没头鹅：比喻蒙头转向、惊慌无主的人。这里指张生。

⓳江州司马泪痕多：白居易被贬官做江州司马后，所写《琵琶行》中有"座中泣下谁最多，江州司马青衫湿"的诗句。这里指张生泪多。

⑳着莫：捉摸。

㉑败也是您个萧何："成也萧何，败也萧何"，当时成语。萧何当初推荐韩信拜为大将，后又设计杀害了韩信。这里指老夫人。

㉒刺股：战国苏秦读书困倦时，便用锥子扎自己的大腿。悬梁：汉代孙敬读书，为了防止打瞌睡，用绳子把自己的头发拴在房梁上。

㉓街上好贱柴，烧你个傻角：街上的柴很贱，如果你要自尽，就把你这个傻瓜的尸首烧掉。元代实行火葬，红娘以此调侃张生，意思是他死得不值得。

㉔动操：弹琴。操，琴曲的一种，这里泛指琴曲。

第五折

〔末上，云〕红娘之言，深有意趣。天色晚也，月儿，你早些出来么！〔焚香了〕呀，却早发擂[1]也；呀，却早撞钟也。〔做理琴科〕琴呵，小生与足下湖海相随数年，今夜这一场大功，都在你这神品金徽、玉轸[2]、蛇腹、断纹[3]、峄阳、焦尾[4]、冰弦[5]之上。天那！却怎生借得一阵顺风，将小生这琴声吹入俺那小姐玉琢成、粉捏就、知音的耳朵里去者！〔旦引红上，红云〕小姐，烧香去来，好明月也呵！〔旦云〕事已无成，烧香何济！月儿，你团圆呵，咱却怎生。

【越调·斗鹌鹑】 云敛晴空，冰轮[6]乍涌；风扫残红，香阶乱拥；离恨千端，闲愁万种。夫人那，"靡不有初，鲜克有终[7]"。他做了个影儿里的情郎，我做了个画儿里的爱宠。

【紫花儿序】 则落得心儿里念想，口儿里闲题，则索向梦儿里相逢。俺娘昨日个大开东阁，

【批注】

从本折起，戏剧冲突在崔、张内部展开，饶有风趣地表现他们突破封建礼教束缚，克服思想性格上的弱点，终于结合的过程。同时穿插了红娘的积极活动，把喜剧色彩渲染得十分浓烈。

我则道怎生般炮凤烹龙[8]。朦胧，可教我“翠袖殷勤捧玉钟”，却不道“主人情重”。则为那兄妹排连，因此上鱼水难同。

〔红云〕姐姐，你看月阑[9]，明日敢有风也？〔旦云〕风月天边有，人间好事无。

【小桃红】人间看波，玉容深锁绣帏中，怕有人搬弄。想嫦娥，西没东生有谁共？怨天公，裴航不作游仙梦[10]。这云似我罗帏数重，只恐怕嫦娥心动，因此上围住广寒宫。

〔红做咳嗽科〕〔末云〕来了。〔做理琴科〕〔旦云〕这甚么响？〔红发科〕〔旦唱〕

【天净沙】莫不是步摇得宝髻玲珑？莫不是裙拖得环珮玎玲？莫不是铁马儿[11]檐前骤风？莫不是金钩双控，吉丁当敲响帘栊？

【调笑令】莫不是梵王宫夜撞钟？莫不是疏竹潇潇曲槛中？莫不是牙尺剪刀声相送？莫不是漏声长滴响壶铜[12]？潜身再听在墙角东，原来是近西厢理结丝桐。

【秃厮儿】其声壮，似铁骑刀枪冗冗；其声幽，似落花流水溶溶；其声高，似风清月朗鹤唳空；其声低，似听儿女语，小窗中，喁喁[13]。

【圣药王】他那里思不穷，我这里意已通，娇鸾雏凤失雌雄；他曲未终，我意转浓，争奈伯劳飞燕各西东[14]：尽在不言中。

我近书窗听咱。〔红云〕姐姐，你这里听，我瞧夫人一会便来。〔末云〕窗外有人，已定是

【批注】

借景抒情，思路跳脱，曲意委宛蕴藉。

【批注】

前二曲虚写，此曲实写，音调铿锵，想象丰富，以形拟声，以声传情。下曲在“情”上发挥，以琴声通情达意，归为“尽在不言中”，切合剧情发展和人物此时心境。

小姐，我将弦改过，弹一曲，就歌一篇，名曰《凤求凰》[15]。昔日司马相如得此曲成事，我虽不及相如，愿小姐有文君之意。〔歌曰〕有美人兮，见之不忘。一日不见兮，思之如狂。凤飞翩翩兮，四海求凰。无奈佳人兮，不在东墙。张弦代语兮，欲诉衷肠。何时见许兮，慰我彷徨？愿言配德兮，携手相将！不得于飞兮，使我沦亡。〔旦云〕是弹得好也呵！其词哀，其意切，凄凄然如鹤唳天；故使妾闻之，不觉泪下。

【麻郎儿】这的是令他人耳聪，诉自己情衷。知音者芳心自懂，感怀者断肠悲痛。

【幺篇】这一篇与本宫、始终、不同[16]。又不是清夜闻钟，又不是黄鹤醉翁，又不是泣麟悲凤[17]。

【络丝娘】一字字更长漏永，一声声衣宽带松。别恨离愁，变成一弄[18]。张生呵，越教人知重。

〔末云〕夫人且做忘恩，小姐，你也说谎也呵！〔旦云〕你差怨了我。

【东原乐】这的是俺娘的机变，非干是妾身脱空[19]；若由得我呵，乞求得效鸾凤。俺娘无夜无明并[20]女工；我若得些儿闲空，张生呵，怎教你无人处把妾身作诵[21]。

【绵搭絮】疏帘风细，幽室灯清，都则是一层儿红纸，几榥儿疏棂，兀的不是隔着云山几万重，怎得个人来信息通。便做道十二巫峰[22]，他

【批注】
卓文君私奔相如和张生钟情莺莺，都遇到了男女自由爱情和封建婚姻的矛盾，也就是处于萌芽状态的现代性爱和占据统治地位的古代性爱的矛盾，所以，崔、张对“凤求凰”的故事产生感情上的共鸣，是有共同的思想基础的。流传的司马相如《琴歌》，即《凤求凰》的歌辞，不仅表现相如对文君的热烈追求，也表现文君夜奔相如双双远走高飞。所以，张生此时弹歌《凤求凰》，其心意比“酬韵”时更进了一步，是鼓励莺莺效法文君，走私自结合的道路。

也曾赋高唐来梦中。

〔红云〕夫人寻小姐哩，咱家去来。〔旦唱〕

【拙鲁速】则见他走将来气冲冲，怎不教人恨匆匆，唬得人来怕恐。早是不曾转动，女孩儿家直恁响喉咙！紧摩弄[23]；索将他拦纵[24]，则恐怕夫人行把我来厮葬送。

〔红云〕姐姐则管听琴怎么？张生着我对姐姐说，他回去也。〔旦云〕好姐姐呵，是必再着他住一程儿！〔红云〕再说甚么？〔旦云〕你去呵，

【尾】则说道夫人时下有人唧哝[25]，好共歹不着你落空。不问俺口不应的狠毒娘，怎肯着别离了志诚种[26]？〔并下〕

【络丝娘煞尾】不争惹恨牵情逗引，少不得废寝忘餐病症。

题目　张君瑞破贼计　莽和尚生杀心

正名　小红娘昼请客　崔莺莺夜听琴

【批注】

莺莺听琴后意痴心醉，意急心撩状如画。

【批注】

莺莺对老夫人的反抗由内心开始转向行动，“好共歹不着你落空”，表现了她的坚定和执着；这是老夫人“赖婚”造成的直接结果，预示了爱情的喜剧结局。

注释

❶发擂：敲鼓。这里指寺院夜间报更的鼓声。

❷金徽、玉轸（zhěn）：徽，琴面标志音阶的记号；轸，系琴弦的轴，转动轸可以调节音调。金、玉，表示贵重的美称。

❸蛇腹、断纹：琴以古为佳，年久琴身漆面则崩裂成纹，称为断纹。断纹像蛇腹的花纹，称作蛇腹。

❹峄（yì）阳、焦尾：琴身用梧桐木制成。据说峄山阳（山南为阳）面所产的桐木制琴最好。传说东汉时蔡邕听到有人用桐木烧火做饭时爆烈的响声，知

道是制琴的良材，便要来做成琴，琴尾还留有烧焦的痕迹。

❺冰弦：用冰蚕丝做的琴弦。冰蚕是古代传说中的一种蚕，据说用它的丝制成的琴弦最好。

❻冰轮：月亮。

❼靡（mǐ）不有初，鲜克有终：语出《诗经·大雅·荡》，意思是有始无终，有头没尾。

❽炮凤烹龙：烹调山珍海味，比喻筵席的丰美。

❾月阑：月晕，起风的征兆。

❿裴航不作游仙梦：唐人传奇故事载，秀才裴航，路经蓝桥驿，渴而求浆，遇女云英，结为夫妇，双双成仙。这里借指张生与莺莺不能成婚。

⓫铁马儿：房檐前悬挂的铃铛或铁片。

⓬壶铜：指铜壶，古代计时用的器具。

⓭喁（yóng）喁：低声细语。

⓮伯劳飞燕各西东：比喻夫妻离散。伯劳，鸟名。

⓯凤求凰：琴曲名，司马相如向卓文君求爱时所弹。

⓰本宫、始终、不同：宫，指宫调；初弹的琴曲所用的宫调为本宫本调。张生后改弦弹《凤求凰》曲，所以说与本宫始终不同。

⓱清夜闻钟、黄鹤醉翁、泣麟悲凤：皆为古琴曲名。

⓲一弄：一曲。

⓳脱空：说谎。

⓴并：催逼。

㉑作诵：作念，念叨。这里含有抱怨的意思。

㉒十二巫峰：传说巫山有十二峰。

㉓摩弄：折磨、捉弄的意思。

㉔拦纵：阻拦。

㉕唧哝：嘀咕，这里指暗地劝说。

㉖志诚种：爱情专一的人。

第三本

张君瑞害相思

楔　子

〔旦上，云〕自那夜听琴后，闻说张生有病，我如今着红娘去书院里，看他说甚么。〔叫红科〕〔红上，云〕姐姐唤我，不知有甚事，须索走一遭。〔旦云〕这般身子不快呵，你怎么不来看我？〔红云〕你想张……〔旦云〕张甚么？〔红云〕我张[①]着姐姐哩。〔旦云〕我有一件事央及你咱。〔红云〕甚么事？〔旦云〕你与我望张生去走一遭，看他说甚么，你来回我话者。〔红云〕我不去，夫人知道不是耍。〔旦云〕好姐姐，我拜你两拜，你便与我走一遭！〔红云〕侍长[②]请起，我去则便了。说道：张生，你好生病重，则俺姐姐也不弱。只因午夜调琴手，引起春闺爱月心。

【仙吕·赏花时】俺姐姐针线无心不待[③]拈，脂粉香消懒去添。春恨压眉尖，若得灵犀一点[④]，敢医可了病恹恹。〔下〕

〔旦云〕红娘去了，看他回来说甚话，我自有主意。〔下〕

【批注】

本剧五本中，这是最富有戏剧性的一本。作者从规定情境出发，巧妙地挖掘出人物关系和性格中的内在喜剧因素，让观众从含泪的笑声中，去了解当时男女青年追求爱情自由的曲折历程。

注释

❶张：看，望。

❷侍长：元代奴婢对主人的称呼。

❸不待：不愿。

❹灵犀一点：古代传说犀牛是一种神异的兽类，角有白纹，感应灵敏，所以称犀牛角为“灵犀”。李商隐《无题》诗：“身无彩凤双飞翼，心有灵犀一点通。”后多用以比喻两情相通。

第一折

〔末上，云〕害杀小生也。自那夜听琴之后，再不能够见俺那小姐。我着长老说将去，道张生好生病重，却怎生不见人来看我？却思量上来，我睡些儿咱。〔红上，云〕奉小姐言语，着我看张生，须索走一遭。我想咱每一家，若非张生，怎存俺一家儿性命也。

【仙吕·点绛唇】相国行祠①，寄居萧寺。因丧事，幼女孤儿，将欲从军死。

【混江龙】谢张生伸志，一封书到便兴师。显得文章有用，足见天地无私。若不是剪草除根半万贼，险些儿灭门绝户了俺一家儿。莺莺君瑞，许配雄雌；夫人失信，推托别词；将婚姻打灭，以兄妹为之。如今都废却成亲事，一个价糊突了胸中锦绣，一个价泪揾湿了脸上胭脂。

【油葫芦】憔悴潘郎鬓有丝②；杜韦娘③不似旧时，带围宽清减了瘦腰肢。一个睡昏昏不待

【批注】

王伯良评曰：“记中诸曲，生旦伯仲间耳，独红娘曲婉丽艳绝，如明霞烂锦，烁人目眦，不可思议。”【点绛唇】二曲写红娘伸张正义的磊落胸襟。

观经史，一个意悬悬懒去拈针指；一个丝桐上调弄出离恨谱，一个花笺上删抹成断肠诗；一个笔下写幽情，一个弦上传心事：两下里都一样害相思。

【天下乐】方信道才子佳人信有之，红娘看时，有些乖性儿，则怕有情人不遂心也似此。他害的有些抹媚[4]，我遭着没三思[5]，一纳头[6]安排着憔悴死。却早来到书院里，我把唾津儿润破窗纸，看他在书房里做甚么。

【村里迓鼓】我将这纸窗儿润破，悄声儿窥视。多管是和衣儿睡起，罗衫上前襟褶袓[7]。孤眠况味，凄凉情绪，无人伏侍。觑了他涩滞气色，听了他微弱声息，看了他黄瘦脸儿。张生呵，你若不闷死多应是害死。

【元和令】金钗敲门扇儿。〔末云〕是谁？〔红唱〕我是个散相思的五瘟使[8]。俺小姐想着风清月朗夜深时，使红娘来探尔。〔末云〕既然小娘子来，小姐必有言语。〔红唱〕俺小姐至今脂粉未曾施，念到有一千番张殿试[9]。

〔末云〕小姐既有见怜之心，小生有一简，敢烦小娘子达知肺腑咱。〔红云〕只恐他翻了面皮。

【上马娇】他若是见了这诗，看了这词，他敢颠倒费神思。他拽扎起面皮[10]来：“查得谁的言语你将来，这妮子怎敢胡行事！”他可敢嗤、嗤的扯做了纸条儿。

【批注】

六句自相对偶，排比连用，句式或长或短，忽断忽续，既写出崔、张被隔绝的苦闷，又道出红娘对他们的体贴同情。

【批注】

张生的形貌神态，全从迁延窗下的红娘眼中看出，绘形传神，色色写到，堪称妙笔。

〔末云〕小生久后多以金帛拜酬小娘子。〔红唱〕

【胜葫芦】 哎，你个馋穷酸俫[11]没意儿，卖弄你有家私，莫不图谋你的东西来到此？先生的钱物，与红娘做赏赐，是我爱你的金赀？

【幺篇】 你看人似桃李春风墙外枝，卖俏倚门儿。我虽是个婆娘有志气。则说道："可怜见小子，只身独自！"恁的呵颠倒有个寻思。

〔末云〕依着姐姐，可怜见小子只身独自！〔红云〕兀的不是也，你写来，咱与你将去。〔末写科〕〔红云〕写得好呵，读与我听咱。〔末读云〕珙百拜奉书芳卿可人妆次[12]，自别颜范[13]，鸿稀鳞绝[14]，悲怆不胜。孰料夫人以恩成怨，变易前姻，岂得不为失信乎？使小生目视东墙，恨不得腋翅[15]于妆台左右；患成思渴，垂命有日。因红娘至，聊奉数字，以表寸心。万一有见怜之意，书以掷下，庶几尚可保养。造次不谨，伏乞情恕！后成五言诗一首，就书录呈：相思恨转添，谩把瑶琴弄。乐事又逢春，芳心尔亦动。此情不可违，芳誉何须奉？莫负月华明，且怜花影重。〔红唱〕

【后庭花】 我则道拂花笺打稿儿，原来他染霜毫不构思。先写下几句寒温序，后题着五言八句诗。不移时，把花笺锦字，叠做个同心方胜[16]儿。忒聪明，忒敬思[17]，忒风流，忒浪子。虽然是假意儿，小可的[18]难到此。

【批注】

二曲语气连贯，一气呵成，红娘心直口快，豪侠爽朗的性格，栩栩如生。这情书却没有写好，不像个"笔尖儿横扫五千人"的才子。

【批注】

"不构思"三字点出张生敏捷的才思。末二句顺口嘲弄，活现红娘聪明活泼的个性。

【青歌儿】颠倒写鸳鸯两字，方信道“在心为志[19]”。〔末云〕姐姐将去，是必在意者！〔红唱〕看喜怒其间觑个意儿[20]。放心波，学士！我愿为之，并不推辞，自有言词。则说道：“昨夜弹琴的那人儿，教传示。”

这简帖儿我与你将去，先生当以功名为念，休堕了志气者！

【批注】

显出红娘的远见和心机。

【寄生草】你将那偷香手，准备着折桂枝[21]。休教那淫词儿污了龙蛇字，藕丝儿缚定鹍鹏翅，黄莺儿夺了鸿鹄志；休为这翠帏锦帐一佳人，误了你“玉堂金马三学士[22]”。

〔末云〕姐姐在意者！〔红云〕放心，放心！

【煞尾】沈约病多般[23]，宋玉愁无二[24]，清减了相思样子。则你那眉眼传情未了时，中心日夜藏之。怎敢因而[25]，“有美玉于斯[26]”，我须教有发落归着这张纸。凭着我舌尖儿上说词，更和这简帖儿里心事，管教那人儿来探你一遭儿。〔下〕

〔末云〕小娘子将简帖儿去了，不是小生说口，则是一道会亲的符箓。他明日回话，必有个次第[27]。且放下心，须索好音来也。且将宋玉风流策，寄与蒲东窈窕娘。〔下〕

【批注】

红娘的许诺，张生的自夸，又反挑闹简，剧情更显跌宕！

注释

❶行榇：即旅榇，旅途中的灵柩。

❷潘郎鬓有丝：晋代潘岳在《秋兴赋》里说他由于多愁，三十二岁时就有白发，因此又有“愁潘”之称。丝，银丝，白发。这里以潘郎代指张生。

❸杜韦娘：唐代有名的美貌歌女，这里代指莺莺。

❹抹媚：也作“魔媚”，迷恋很深的意思。

❺没三思：没主意。

❻纳头：埋头。

❼褶衼（zhězhì）：衣服上的褶皱。

❽五瘟使：瘟神。

❾殿试：元时对读书人的通称。

❿拽（zhuài）扎起面皮：绷紧脸，板起面孔。

⓫馋穷酸俫：即穷酸，对寒微读书人含有讥讽调侃性质的称呼。

⓬芳卿：对女子的亲昵称呼。可人：可意人，意中人。妆次：妆台边。书信中对女子的尊称。

⓭颜范：容颜。

⓮鸿稀鳞绝：没有音信。鸿，即雁；鳞，指鱼。古有雁足传书、鱼腹传信的传说，故以雁和鱼代指书信。

⓯腋翅：两腋生翅，飞的意思。

⓰方胜：指把信笺叠成相互连结的方形。

⓱敬思：潇洒可爱、风流放浪的意思。

⓲小可的：一般人。

⓳在心为志：《毛诗序》：“在心为志，发言为诗。”这里取其前句隐去后句，实即用后句诗意称赞张生能诗。

⓴觑个意儿：找个机会。

㉑折桂枝：比喻科举及第。

㉒玉堂金马三学士：指才华出众、前程远大的文士。金马，金马门，汉代宫门名，因傍有铜马而得名。汉武帝使学士才能卓异者，待诏金马门，以备顾问。

㉓沈约病多般：沈约，南朝时有名的文人。他在《与徐勉书》中叙述了自己老病的情景，后人形容病状多以他为例。

㉔宋玉愁无二：宋玉，战国时楚国的文学家，他的《九辩》多悲愁凄伤之辞。

㉕因而：马虎。

㉖有美玉于斯：《论语·子罕》：“有美玉于斯，韫椟而藏诸。”这里是歇后语，取后半句“韫椟而藏诸”，珍重保存的意思。

㉗次第：结果。

第二折

〔旦上，云〕红娘伏侍老夫人不得空便，偌早晚敢待来也。起得早了些儿，困思上来，我再睡些儿咱。〔睡科〕〔红上，云〕奉小姐言语去看张生，因伏侍老夫人，未曾回小姐话去。不听得声音，敢又睡哩，我入去看一遭。

【中吕·粉蝶儿】风静帘闲，透纱窗麝兰香散，启朱扉摇响双环。绛台[①]高，金荷[②]小，银釭[③]犹灿。比及将暖帐轻弹，先揭起这梅红罗软帘偷看。

【醉春风】只见他钗亸玉斜横[④]，髻偏云乱挽。日高犹自不明眸，畅好是懒、懒。〔旦做起身长叹科〕〔红唱〕半晌抬身，几回搔耳，一声长叹。

我待便将简帖儿与他，恐俺小姐有许多假处哩。我则将这简帖儿放在妆盒儿上，看他见了说甚么。〔旦做照镜科，见帖看科〕〔红唱〕

【普天乐】晚妆残，乌云亸，轻匀了粉脸，乱挽起云鬟。将简帖儿拈，把妆盒儿按，开拆封皮孜孜看，颠来倒去不害心烦。〔旦怒叫〕红娘！

【批注】

“闹简”和“赖简”的主角都是莺莺，但她此时内心深处充满了痛苦，如由她来唱，会给剧情带上悲剧色彩。因而，剧中安排红娘主唱，既可从旁细腻刻画莺莺的动作神态，又可鲜明地渲染她行动的喜剧性。毛评：“首二曲写莺初起时，是晓闺之绝艳者。”【粉蝶儿】一曲，从室外写到室内，展现出莺莺卧房的优雅环境。【醉春风】一曲，从莺莺的静态写到动态，从神情透出心理，把一个为爱情苦恼的少女形象写得栩栩如生。

〔红做意云〕呀，决撒[⑤]了也！厌的早扢皱了黛眉。〔旦云〕小贱人，不来怎么！〔红唱〕忽的波低垂了粉颈，氲的呵改变了朱颜。

〔旦云〕小贱人，这东西那里将来的？我是相国的小姐，谁敢将这简帖来戏弄我，我几曾惯看这等东西。告过夫人，打下你个小贱人下截来。〔红云〕小姐使将我去，他着我将来。我不识字，知他写着甚么。

【快活三】分明是你过犯，没来由把我摧残；使别人颠倒恶心烦，你不惯，谁曾惯。

姐姐休闹，比及你对夫人说呵，我将这简帖儿去夫人行出首去来。〔旦做揪住科〕我逗你要来。〔红云〕放手，看打下下截来。〔旦云〕张生近日如何？〔红云〕我则不说。〔旦云〕好姐姐，你说与我听咱！〔红唱〕

【朝天子】张生近间面颜，瘦得来实难看。不思量茶饭，怕待动弹；晓夜将佳期盼，废寝忘餐。黄昏清旦，望东墙淹泪眼。〔旦云〕请个好太医看他证候咱。〔红云〕他证候吃药不济。病患、要安，则除是出几点风流汗。

〔旦云〕红娘，不看你面时，我将与老夫人看，看他有何面目见夫人？虽然我家亏他，只是兄妹之情，焉有外事。红娘，早是你口稳哩；若别人知呵，甚么模样。〔红云〕你哄着谁哩，你把这个饿鬼弄得他七死八活，却要怎么？

【四边静】怕人家调犯[⑥]，“早共晚夫人见

【批注】

毛评：“此言‘乌云亸’，则髻解将理矣。又曰‘乱挽起云鬟’，则因见简帖而又仓卒绾结也。此正模画入阿堵处。”汤显祖评：“‘只见’三句递伺其发怒次第也。皱眉，将欲决撒也；垂颈，又踌躇也；变朱颜，则决撒矣。”这一瞬间的连续三个动作，精确地展示了莺莺复杂的心理变化：她初见简帖时，喜不自抑，又马上感到私相传递的危险性，就以先发制人的办法来掩盖真相。

【批注】

红娘随机应变，以子之矛攻子之盾，使剧情曲折回复，格调轻松欢快，具有强烈的喜剧性。

些破绽，你我何安”。问甚么他遭危难？撺断[7]得上竿，掇了梯儿看。

〔旦云〕将描笔儿过来，我写将去回他，着他下次休是这般。〔旦做写科〕〔起身科，云〕红娘，你将去说：“小姐看望先生，相待兄妹之礼如此，非有他意。再一遭儿是这般呵，必告夫人知道。”和你个小贱人都有话说。〔旦掷书下〕〔红唱〕

【脱布衫】小孩儿家口没遮拦，一迷的将言语摧残。把似[8]你使性子，休思量秀才，做多少好人家风范。〔红做拾书科〕

【小梁州】他为你梦里成双觉后单，废寝忘餐。罗衣不奈五更寒，愁无限，寂寞泪阑干。

【幺篇】似这等辰勾[9]空把佳期盼，我将这角门儿世不曾牢拴，则愿你做夫妻无危难。我向这筵席头上整扮，做一个缝了口的撮合山[10]。

〔红云〕我若不去来，道我违拗他，那生又等我回报，我须索走一遭。〔下〕〔末上，云〕那书倩红娘将去，未见回话。我这封书去，必定成事，这早晚敢待来也。〔红上〕须索回张生话去。小姐，你性儿忒惯得娇了；有前日的心，那得今日的心来？

【石榴花】当日个晚妆楼上杏花残，犹自怯衣单，那一片听琴心清露月明间。昨日个向晚，不怕春寒，几乎险被“先生馔”[11]，那其间岂不胡颜[12]。为一个不酸不醋风魔汉，隔墙儿险化做

凌评：“（此曲）盖恨莺拿班而反言以诮之也。‘早晚’二句，亦体莺意中语。”

【批注】

莺莺掷书，愚弄了红娘，瞒过了观众；及至真相拆穿，就爆发出哄堂笑声。

【批注】

红娘的火热心肠，与莺莺对她的误会、防范对照，大有意趣！

了望夫山[13]。

【斗鹌鹑】你用心儿拨雨撩云，我好意儿传书寄简。不肯搜自己狂为，则待要觅别人破绽。受艾焙[14]权时忍这番，畅好是奸。“张生是兄妹之礼，焉敢如此！”对人前巧语花言，没人处便想张生，背地里愁眉泪眼。

〔红见末科〕〔末云〕小娘子来了。擎天柱，大事如何了也？〔红云〕不济事了，先生休傻。〔末云〕小生简帖儿是一道会亲的符箓，则是小娘子不用心，故意如此。〔红云〕我不用心？有天理，你那简帖儿好听！

【批注】

一腔热忱，却两头受气，是喜剧中刻画正面形象的常见关目，最能引起观众兴味。

【上小楼】这的是先生命悭，须不是红娘违慢。那简帖儿倒做了你的招状，他的勾头[15]，我的公案。若不是觑面颜，厮顾盼，担饶轻慢，先生受罪，礼之当然，贱妾何辜？争些儿把你娘拖犯。

【幺篇】从今后相会少，见面难。月暗西厢，凤去秦楼[16]，云敛巫山。你也赸[17]，我也赸；请先生休讪[18]，早寻个酒阑人散。

【批注】

此以危言绝张生，作者行文如张劲弓，务尽其势而发。

〔红云〕只此再不必申诉足下肺腑，怕夫人寻，我回去也。〔末云〕小娘子此一遭去，再着谁与小生分剖；必索做一个道理，方可救得小生一命。〔末跪下揪住红科〕〔红云〕张先生是读书人，岂不知此意，其事可知矣。

【满庭芳】你休要呆里撒奸[19]；你待要恩情美满，却教我骨肉摧残。老夫人手执着棍儿摩娑

【批注】

直诉衷曲，妙语如珠！

看，粗麻线怎透得针关。直待我拄着拐帮闲钻懒，缝合唇送暖偷寒。待去呵，小姐性儿撮盐入火[20]，消息儿踏着泛[21]；待不去呵，〔末跪哭云〕小生这一个性命，都在小娘子身上。〔红唱〕禁不得你甜话儿热趱[22]：好着我两下里做人难。

我没来由分说；小姐回与你的书，你自看者。〔末接科，开读科〕呀，有这场喜事，撮土焚香，三拜礼毕。早知小姐简至，理合远接，接待不及，勿令见罪！小娘子，和你也欢喜。〔红云〕怎么？〔末云〕小姐骂我都是假，书中之意，着我今夜花园里来，和他"哩也波哩也啰[23]"哩。〔红云〕你读书我听。〔末云〕"待月西厢下，迎风户半开，隔墙花影动，疑是玉人来。"〔红云〕怎见得他着你来？你解与我听咱。〔末云〕"待月西厢下"，着我月上来；"迎风户半开"，他开门待我；"隔墙花影动，疑是玉人来"，着我跳过墙来。〔红笑云〕他着你跳过墙来，你做下来，端的有此说么？〔末云〕俺是个猜诗谜的社家[24]，风流隋何，浪子陆贾[25]，我那里有差的勾当。〔红云〕你看我姐姐，在我行也使这般道儿。

【耍孩儿】儿曾见寄书的颠倒瞒着鱼雁，小则小心肠儿转关。写着道西厢待月等得更阑，着你跳东墙"女"字边"干[26]"。原来那诗句儿里包笼着三更枣[27]，简帖儿里埋伏着九里山[28]。他着紧处将人慢，您会云雨闹中取静，我寄音书忙

【批注】

金评，至此"始出袖中书，使自绝之，而不意峰回岭变，又起奇观"。

【批注】

说白高度个性化，张生惊喜之情跳动纸上。有人说"《西厢》曲美而白不称"，是只把《西厢》当诗词读的文人习气。

【批注】

全不理解莺莺一片苦心，风魔解元真是傻得可爱！

里偷闲。

【四煞】纸光明玉板[29]，字香喷麝兰，行儿边湮透非春汗？一缄情泪红犹湿，满纸春愁墨未干。从今后休疑难，放心波玉堂学士，稳情取金雀鸦鬟[30]。

【三煞】他人行别样的亲，俺根前取次看[31]，更做道孟光接了梁鸿案[32]。别人行甜言美语三冬暖，我根前恶语伤人六月寒。我为头儿看：看你个离魂倩女[33]，怎发付掷果潘安[34]。

〔末云〕小生读书人，怎跳得那花园过也？〔红唱〕

【二煞】隔墙花又低，迎风户半拴，偷香手段今番按。怕墙高怎把龙门[35]跳，嫌花密难将仙桂攀。放心去，休辞惮；你若不去呵，望穿他盈盈秋水，蹙损他淡淡春山[36]。

〔末云〕小生曾到那花园里，已经两遭，不见那好处；这一遭知他又怎么？〔红云〕如今不比往常。

【煞尾】你虽是去了两遭，我敢道不如这番。你那隔墙酬和都胡侃[37]，证果[38]的是今番这一简。〔红下〕

〔末云〕万事自有分定，谁想小姐有此一场好处。小生是猜诗谜的社家，风流隋何，浪子陆贾，到那里扢扎帮[39]便倒地。今日颓天百般的难得晚。天，你有万物于人，何故争此一日。疾下去波！读书继晷怕黄昏，不觉西沉强掩门。欲赴

【批注】

红娘因受捉弄而赌气，使她和崔、张的关系更加复杂，促成了“赖简”这场相互捉弄的恶作剧。

【批注】

大段独白，把张生的急切心理和不可抑止的痴情刻画得淋漓尽致。

海棠花下约，太阳何苦又生根？〔看天云〕呀，才晌午也，再等一等。〔又看科〕今日万般的难得下去也呵。碧天万里无云，空劳倦客身心；恨杀鲁阳贪战[40]，不教红日西沉！呀，却早倒西也，再等一等咱。无端三足乌[41]，团团光烁烁；安得后羿弓[42]，射此一轮落？谢天地！却早日下去也！呀，却早发擂也！呀，却早撞钟也！拽上书房门，到得那里，手挽着垂杨滴流扑跳过墙去。〔下〕

注释

❶绛（jiàng）台：红色的蜡台。

❷金荷：蜡台上承接烛泪的荷花形铜盘。

❸银缸（gāng）：灯。

❹钗亸（duǒ）玉斜横：即玉钗横斜。亸，下垂，这里是斜坠的意思。

❺决撒：败露、坏事的意思。

❻调犯：讥笑，说闲话。

❼撺（cuān）断：怂恿。

❽把似：假如，与其。

❾辰勾：星名。见之甚难。

❿撮合山：媒人。

⓫先生馔：《论语·为政》："有酒食，先生馔。"这里意指听琴时险些被张生赚到手。

⓬胡颜：丢脸。

⓭望夫山：民间传说，妻子登山伫立远望久出未归的丈夫，时间久了就变成了石头。

⓮艾焙（bèi）：用艾火烤炙，是一种治病的方法。

⓯勾头：逮捕人的票证。

⑯凤去秦楼：暗用萧史、弄玉乘凤凰升天成仙的故事，比喻婚事无成。

⑰赸（shàn）：走开。

⑱讪（shàn）：讪脸，厚着脸皮。

⑲呆里撒奸：外作痴呆，内藏奸诈。

⑳撮盐入火：盐入火即爆，形容性情暴躁。

㉑消息儿踏着泛：踩着机关的泛子（枢纽），误中圈套、自投罗网的意思。

㉒热攒（zǎn）：紧催。

㉓哩也波哩也啰：有音无义，用以代指不便明言的事。这里是暗指男女合欢。

㉔社家：行家。

㉕风流隋何，浪子陆贾：隋何、陆贾，汉初舌辩之士。此言风流的张生有隋、陆的舌辩。

㉖女字边干："奸"字的拆白。

㉗三更枣：佛教传说，禅宗五祖传法给六祖时，交给六祖三粒粳米，一枚枣。六祖领悟到这是让他"三更早来"。这里是隐语的意思。

㉘九里山：传说楚汉相争时，韩信在九里山前十面埋伏，大败项羽。这里指计谋。

㉙玉板：一种光洁匀厚供书画用的白棉纸。

㉚金雀鸦鬟：金雀钗黑发髻。这里代指莺莺。

㉛取次看：小看，不重视。

㉜孟光接了梁鸿案：东汉梁鸿和孟光夫妻和美，吃饭时孟光举案齐眉，对梁鸿表示敬重。这里反用其事，讥讽莺莺主动约张生幽会。

㉝离魂倩女：唐代陈玄祐《离魂记》写倩娘与王宙相爱，至于魂魄与躯体分离，追随王宙而去。这里指莺莺。

㉞掷果潘安：西晋潘岳有文才，容貌俊雅，出游时常有女子向他掷果，以示爱慕。这里借指张生。

㉟龙门：传说黄河的鲤鱼跳过龙门就能变成龙，因而旧以跳龙门比喻登科及第。

㊱春山：指眉，喻其长秀。

㊲胡侃（kǎn）：胡扯。

㊳证果：佛教把修行得道称为正果。这里比喻好事成就。

㊴扢（gē）扎帮：本为拟声词，形容重物跌落的声音，这里借指动作的迅速。

㊵鲁阳贪战：传说鲁阳公与韩构交战激烈的时候，天色已晚，鲁阳公举戈一挥，太阳退回三舍（九十里）。

㊶三足乌：指太阳。古代传说太阳里有三只脚的乌鸦。

㊷后羿（yì）弓：传说尧时天上有十个太阳，草木枯焦，于是尧命羿射日，射落九个。

第三折

〔红上，云〕今日小姐着我寄书与张生，当面偌多般假意儿，原来诗内暗约着他来。小姐也不对我说，我也不瞧破他，则请他烧香。今夜晚妆处，比每日较别，我看他到其间怎的瞒我。〔红唤科〕姐姐，咱烧香去来。〔旦上，云〕花阴重叠香风细，庭院深沉淡月明。〔红云〕今夜月明风清，好一派景致也呵！

【双调·新水令】 晚风寒峭透窗纱，控金钩绣帘不挂。门阑凝暮霭，楼角敛残霞。恰对菱花①，楼上晚妆罢。

【驻马听】 不近喧哗，嫩绿池塘藏睡鸭；自然幽雅，淡黄杨柳带栖鸦。金莲蹴损牡丹芽，玉簪抓住荼蘼架。夜凉苔径滑，露珠儿湿透了凌波袜②。

我看那生和俺小姐巴不得到晚。

【乔牌儿】 自从那日初时想月华，捱一刻似一夏；见柳梢斜日迟迟下，早道“好教贤圣③打”。

【批注】

晚闺景象，描摹如画。人物的心情和景物的色彩达到和谐的统一。

【搅筝琶】打扮的身子儿诈[4]，准备着云雨会巫峡。只为这燕侣莺俦，锁不住心猿意马。不则俺那姐姐害，那生呵，二三日来水米不粘牙。因姐姐闭月羞花，真假、这其间性儿难按纳[5]，一地里胡拿[6]。

姐姐，这湖山下立地，我开了寺里角门儿。怕有人听俺说话，我且看一看。〔做意了〕偌早晚傻角却不来，赫赫赤赤[7]，来。〔末云〕这其间正好去也，赫赫赤赤。〔红云〕那鸟[8]来了。

【沉醉东风】我则道槐影风摇暮鸦，原来是玉人帽侧乌纱。一个潜身在曲槛边，一个背立在湖山下；那里叙寒温，并不曾打话。〔红云〕赫赫赤赤，那鸟来了。〔末云〕小姐，你来也。〔搂住红科〕〔红云〕禽兽，是我，你看得好仔细着，若是夫人怎了。〔末云〕小生害得眼花，搂得慌了些儿，不知是谁，望乞恕罪！〔红唱〕便做道搂得慌呵，你也索觑咱，多管是饿得你个穷神眼花。

〔末云〕小姐在那里？〔红云〕在湖山下，我问你咱，真个着你来哩？〔末云〕小生猜诗谜社家，风流隋何，浪子陆贾，准定挖扎帮便倒地。〔红云〕你休从门里去，只道我使你来。你跳过这墙去，今夜这一弄儿[9]助你两个成亲。我说与你，依着我者。

【乔牌儿】你看那淡云笼月华，似红纸护银蜡；柳丝花朵垂帘下，绿莎茵铺着绣榻。

【批注】

《西厢》亦不免有鄙陋卑猥之处。

【甜水令】良夜迢迢，闲庭寂静，花枝低亚。他是个女孩儿家，你索将性儿温存，话儿摩弄，意儿谦洽；休猜做败柳残花。

【折桂令】他是个娇滴滴美玉无瑕，粉脸生春，云鬓堆鸦。恁的般受怕担惊，又不图甚浪酒闲茶。则你那夹被儿时当奋发，指头儿告了消乏；打叠起嗟呀，毕罢了牵挂，收拾了忧愁，准备着撑达[10]。

〔末作跳墙搂旦科〕〔旦云〕是谁？〔末云〕是小生。〔旦怒云〕张生，你是何等之人！我在这里烧香，你无故至此；若夫人闻知，有何理说！〔末云〕呀，变了卦也！〔红唱〕

【批注】

初似柳暗花明，倏又山重水复，剧情千折百回，引人入胜。

【锦上花】为甚媒人，心无惊怕；赤紧的夫妻每，意不争差。我这里蹑足潜踪，悄地听咱。一个羞惭，一个怒发。

【幺篇】张生无一言，呀！莺莺变了卦。一个悄悄冥冥，一个絮絮答答。却早禁住隋何，迸住陆贾，叉手躬身，妆聋做哑。

张生背地里嘴那里去了？向前搂住丢翻，告到官司，怕羞了你！

【清江引】没人处则会闲嗑牙，就里空奸诈。怎想湖山边，不记“西厢下”[11]。香美娘处分破花木瓜[12]。

〔旦云〕红娘，有贼。〔红云〕是谁？〔末云〕是小生。〔红云〕张生，你来这里有甚么勾当？〔旦云〕扯到夫人那里去！〔红云〕到夫人那里，怕坏了他行止。我与姐姐处分他一场。张

【批注】

莺莺的“假意儿”，是她对红娘的防范，也是她内心矛盾的体现。但是，透过这些“假”处，不难看到她要得到张生爱情的执着信念。这种动作的意向与动作表现的矛盾，在于以软弱性的外在形式体现了坚定性的内在本质。

生，你过来跪着！你既读孔圣之书，必达周公之礼，夤夜来此何干？

【雁儿落】不是俺一家儿乔作衙[13]，说几句衷肠话。我则道你文学海样深，谁知你色胆有天来大？

〔红云〕你知罪么？〔末云〕小生不知罪。〔红唱〕

【得胜令】谁着你夤夜入人家，非奸做贼拿。你本是个折桂客，做了偷花汉；不想去跳龙门，学骗马[14]。姐姐，且看红娘面饶过这生者！〔旦云〕若不看红娘面，扯你到夫人那里去，看你有何面目见江东父老[15]。起来！〔红唱〕谢小姐贤达，看我面遂情罢。若到官司详察，“你既是秀才，只合苦志于寒窗之下，谁教你夤夜辄入人家花园，做得个非奸即盗”。先生呵，整备着精皮肤吃顿打。

〔旦云〕先生虽有活人之恩，恩则当报。既为兄妹，何生此心？万一夫人知之，先生何以自安？今后再勿如此，若更为之，与足下决无干休。〔下〕〔末朝鬼门道云〕你着我来，却怎么有偌多说话！〔红扳过末云〕羞也，羞也，却不“风流隋何，浪子陆贾”？〔末云〕得罪波“社家”，今日便早则死心塌地。〔红唱〕

【离亭宴带歇指煞】再休题“春宵一刻千金价”，准备着“寒窗更守十年寡”。猜诗谜的社家，氽拍[16]了“迎风户半开”，山障[17]了“隔墙花影动”，绿惨[18]了“待月西厢下”。你将何郎粉面

【批注】

红娘这些似庄似谐的表现，不如说是莺莺行动的夸张模拟，大大增加了莺莺形象的喜剧性。

【批注】

结尾以简中诗句相嘲，照应前折。

搽，他自把张敞眉儿画。强风情措大[19]，晴干了尤云殢雨[20]心，悔过了窃玉偷香胆，删抹了倚翠偎红话。〔末云〕小生再写一简，烦小娘子将去，以尽衷情如何？〔红唱〕淫词儿早则休，简帖儿从今罢。犹古自[21]参不透风流调法[22]。从今后悔罪也卓文君，你与我游学去波汉司马。〔下〕

〔末云〕你这小姐送了人也！此一念小生再不敢举，奈有病体日笃，将如之奈何。夜来得简方喜，今日强扶至此，又值这一场怨气，眼见得休也。只索回书房中纳闷去。桂子闲中落，槐花病里看。〔下〕

【批注】

“赖简”是“闹简”的继续，莺莺和红娘之间的矛盾发展到了高潮。红娘为张生解围，使莺莺探明了红娘的真意，终于由防范转到信任，为崔、张结合准备了条件。

注释

❶菱花：镜子。

❷凌波袜：女袜。语本曹植《洛神赋》：“凌波微步，罗袜生尘。”凌波，踏着水波。

❸贤圣：即圣贤。这里指神话传说中驾日车的神羲和。

❹诈：漂亮，俊俏。

❺按纳：抑制，忍耐。

❻一地里胡拿：一味地胡闹。

❼赫赫赤赤：元剧中男女私会的暗号。

❽鸟（diǎo）：即屌。

❾一弄儿：一股脑儿，一块儿。

❿撑达：这里是欢乐的意思。

⓫西厢下：指莺莺“待月西厢下”一诗。

⓬香美娘处分破花木瓜：香美娘，指莺莺。花木瓜，本是一种瓜果，这里取其貌美中空，中看不中用的意思，借以指张生。

⓭乔作衙：即乔坐衙，假装官长升堂问事。

⑭骗马：本义是一跃上马，这里借指张生跳墙。

⑮江东父老：项羽被刘邦打败，不肯东渡乌江，说："纵江东父老怜而王我，我何面目见之。"这里借指故人。

⑯厼（qí）拍：不合拍。这里指张生所猜谜底与谜面参差不合。

⑰山障：遮蔽，堵塞。

⑱绿惨：阴暗。

⑲措大：即醋大，穷酸的秀才。

⑳尤云殢（tì）雨：迷恋于男女情爱。

㉑犹古自：犹自，尚且。

㉒调法：方法，手段。

第四折

〔夫人上，云〕早间长老使人来，说张生病重。我着长老使人请个太医去看了。一壁道与红娘，看哥哥行问汤药去者，问太医下甚么药，证候如何，便来回话。〔下〕〔红上，云〕老夫人才说张生病沉重，昨夜吃我那一场气，越重了。莺莺呵，你送了他人。〔下〕〔旦上，云〕我写一简，则说道药方，着红娘将去与他，证候便可。〔旦唤红科〕〔红云〕姐姐唤红娘怎么？〔旦云〕张生病重，我有一个好药方儿，与我将去咱！〔红云〕又来也！娘呵，休送了他人！〔旦云〕好姐姐，救人一命，将去咱！〔红云〕不是你，一世也救他不得。如今老夫人使我去哩，我就与你将去走一遭。〔下〕〔旦云〕红娘去了，我绣房里等他回话。〔下〕〔末上，云〕自从昨夜花园中吃了这一场气，投着旧证候，眼见得休了也。老夫人说着长老唤太医来看我；我这颓证候，非是太医所治的；则除是那小姐美甘甘、香喷喷、凉渗渗、娇滴滴一点唾津儿咽下去，这屌病便可。〔洁引太医上，《双斗医》科范[①]了〕〔下〕〔洁云〕下了药了，我回夫人话去，少刻再来相望。〔下〕〔红上，云〕俺小姐送得人如此，又着我去动问，送药方儿去，越着他病沉了也。我索走一遭。异乡易得离愁病，妙药难医肠断人。

【越调·斗鹌鹑】 则为你彩笔题诗，回文织锦；送得人卧枕着床，忘餐废寝；折倒得鬓似愁潘，腰如病沈。恨已深，病已沉，昨夜个热脸儿对面抢白，今日个冷句儿将人厮侵。

昨夜这般抢白他呵！

【紫花儿序】 把似你休倚着栊门儿待月，依着韵脚儿联诗，侧着耳朵儿听琴。见了他撇假[②]偌多话："张生，我与你兄妹之礼，甚么勾当！"怒时节把一个书生来跌窨[③]，欢时节——"红娘，好姐姐，去望他一遭！"——将一个侍妾来逼临。难禁，好着我似线脚儿般殷勤不离了针。从今后教他一任，这的是俺老夫人的不是：将人的义海恩山，都做了远水遥岑。

〔红见末问云〕哥哥病体若何？〔末云〕害杀小生也！我若是死呵，小娘子，阎王殿前，少不得你做个干连人。〔红叹云〕普天下害相思的

【批注】

背地评跋，曲白相生，宛如画出。

【批注】

张生此时大叫病重，与其接书后大笑狂喜对照，是喜剧好关目。

不似你这个傻角。

【天净沙】心不存学海文林，梦不离柳影花阴，则去那窃玉偷香上用心。又不曾得甚，自从海棠开想到如今。

因甚的便病得这般了？〔末云〕都因你行——怕说的谎——因小侍长上来！当夜书房一气一个死。小生救了人，反被害了。自古人云："痴心女子负心汉。"今日反其事了。〔红唱〕

【调笑令】我这里自审，这病为邪淫；尸骨岩岩鬼病侵。更做道秀才们从来恁。似这般干相思的好撒唔[4]！功名上早则不遂心，婚姻上更返吟复吟[5]。

〔红云〕老夫人着我来看哥哥，要甚么汤药。小姐再三伸敬，有一药方送来与先生。〔末做慌科〕在那里？〔红云〕用着几般儿生药，各有制度，我说与你：

【小桃红】"桂花"摇影夜深沉，酸醋"当归"浸。〔末云〕桂花性温，当归活血，怎生制度？〔红唱〕面靠着湖山背阴里窨[6]，这方儿最难寻。一服两服令人恁[7]。〔末云〕忌甚么物？〔红唱〕忌的是"知母"未寝，怕的是"红娘"撒沁[8]。吃了呵，稳情取"使君子"一星儿"参"[9]。

这药方儿小姐亲笔写的。〔末看药方大笑科〕〔末云〕早知姐姐书来，只合远接。小娘子——〔红云〕又怎么？却早两遭儿也。〔末云〕——不知这首诗意，小姐待和小生"里也波"哩。

【批注】

金评："真是妙白，写来便真是气尽喘急，逐口断续之声。"活画出痴心汉形状。

【批注】

借药名双关见意，构思奇巧。

【批注】

情节发展至山穷水尽之处，忽又峰回路转，别开奇境。

〔红云〕不少了一些儿？

【鬼三台】足下其实啉[10]，休妆唔[11]。笑你个风魔的翰林，无处问佳音，向简帖儿上计禀[12]。得了个纸条儿恁般绵里针[13]，若见玉天仙怎生软厮禁[14]？俺那小姐忘恩，赤紧的偻人[15]负心。

书上如何说？你读与我听咱。〔末念云〕“休将闲事苦萦怀，取次摧残天赋才。不意当时完妾命，岂防今日作君灾。仰图厚德难从礼，谨奉新诗可当媒。寄语高唐休咏赋，今宵端的雨云来。”此韵非前日之比，小姐必来。〔红云〕他来呵怎生？

【秃厮儿】身卧着一条布衾，头枕着三尺瑶琴；他来时怎生和你一处寝？冻得来战兢兢，说甚知音？

【圣药王】果若你有心，他有心，昨日秋千院宇夜深沉；花有阴，月有阴，“春宵一刻抵千金”，何须“诗对会家吟”？

〔末云〕小生有花银十两，有铺盖赁与小生一付。〔红唱〕

【东原乐】俺那鸳鸯枕，翡翠衾，便遂杀了人心[16]，如何肯赁？至如你不脱解和衣儿更怕甚？不强如手执定指尖儿恁。倘或成亲，到大来福荫。〔末云〕小生为小姐如此容色，莫不小姐为小生也减动丰韵么？〔红唱〕

【绵搭絮】他眉弯远山铺翠，眼横秋水无尘，体若凝酥，腰如嫩柳，俊的是庞儿俏的是心，体态温柔性格儿沉。虽不会法灸神针，更胜似救苦难观世音。

〔末云〕今夜成了事，小生不敢有忘。〔红唱〕

【幺篇】你口儿里漫沉吟，梦儿里苦追寻。往事已沉，只言目今，今夜相逢管教恁。不图你甚白璧黄金，只要你满头花，拖地锦。

〔末云〕怕夫人拘系，不能够出来。〔红云〕则怕小姐不肯，果有意呵，

【煞尾】虽然是老夫人晓夜将门禁，好共歹须教你称心。〔末云〕休似昨夜不肯。〔红云〕你挣揣[17]咱，来时节肯不肯尽由他，见时节亲不亲尽在您。〔并下〕

【络丝娘煞尾】因今宵传言送语，看明日携云握雨。

题目　老夫人命医士　崔莺莺寄情诗

正名　小红娘问汤药　张君瑞害相思

【批注】

张生得书后满心欢喜，至此又作一转，使人惊疑不定，对莺莺能否践约大增悬念。毛评："两次传简，何以不复，此处颇费措置。作者着眼，俱在下一折内。如初次约生，下一折是跳墙，则于讪怨中尽情相许，以起下不成就意。二次约生，下一折是合欢，则于惊疑中尽情撇脱，以起下成就意。总是抑扬顿挫之法。"

注释

❶《双斗医》科范：《双斗医》，院本名目。这里是表示穿插表演了一段《双斗医》，因有现成规范可资遵循，故略去。

❷撇假：装假。

❸跌窨：即"攧窨"，顿足忍气，怨恨之意。

❹撒唔（tùn）：痴心。

❺返吟复吟：算命卜卦时的术语，预示婚姻难成。

❻窨：窖藏。这里是深藏的意思。

❼恁：如此，这样。演出时演员要以动作手势加以说明。

❽撒沁：撒泼，捣鬼。

❾参：人参。这里有痊愈的意思。

❿啉（lín）：呆傻。

⓫妆啈：当傻瓜。

⓬计禀：诉说。

⓭绵里针：小心珍重的意思。

⓮软厮禁：体贴爱护。

⓯偻人：曲背之人。此指老夫人。

⓰遂杀了人心：十分满意。

⓱挣揣：挣扎，振作、努力的意思。

第四本

草桥店梦莺莺

楔　子

〔旦上，云〕昨夜红娘传简去与张生，约今夕和他相见，等红娘来做个商量。〔红上，云〕姐姐着我传简帖儿与张生，约他今宵赴约。俺那小姐，我怕又有说谎，送了他性命，不是要处。我见小姐去，看他说甚么。〔旦云〕红娘收拾卧房，我睡去。〔红云〕不争你要睡呵，那里发付那生？〔旦云〕甚么那生？〔红云〕姐姐，你又来也！送了人性命不是耍处。你若又翻悔，我出首与夫人，你着我将简帖儿约下他来。〔旦云〕这小贱人倒会放刁，羞人答答的[①]，怎生去！〔红云〕有甚的羞，到那里只合着眼者。〔红催莺云〕去来去来，老夫人睡了也。〔旦走科〕〔红云〕俺姐姐语言虽是强，脚步儿早先行也。

【批注】

莺莺的羞怯忸怩，红娘的泼辣爽朗，惟妙惟肖。

【仙吕·端正好】因姐姐玉精神，花模样，无倒断[②]晓夜思量。着一片志诚心盖抹[③]了漫天谎。出画阁，向书房；离楚岫，赴高唐；学窃玉，试偷香；巫娥女，楚襄王；楚襄王敢先在阳

台[4]上。〔下〕

注 释

❶羞人答答的：教人羞答答的。

❷无倒断：不间断，无休无止。

❸盖抹：即“改抹”，本义为涂改文字，引申为改变的意思。

❹阳台：指男女欢会的地方。语本宋玉《高唐赋》。

第一折

〔末上，云〕昨夜红娘所遗之简，约小生今夜成就。这早晚初更尽也，不见来呵，小姐休说谎咱！人间良夜静复静，天上美人来不来。

【仙吕·点绛唇】伫立闲阶，夜深香霭、横金界[1]。潇洒书斋，闷杀读书客。

【混江龙】彩云[2]何在，月明如水浸楼台。僧归禅室，鸦噪庭槐。风弄竹声则道金珮响；月移花影疑是玉人来。意悬悬业眼[3]，急攘攘情怀，身心一片，无处安排；则索呆答孩[4]倚定门儿待。越越的青鸾信杳[5]，黄犬[6]音乖。

小生一日十二时，无一刻放下小姐，你那里知道呵！

【油葫芦】情思昏昏眼倦开，单枕侧，梦魂飞入楚阳台。早知道无明无夜因他害，想当初“不如不遇倾城色”。人有过，必自责，勿惮改，

【批注】

毛评：“先著‘伫立’句，后入‘夜深’，以立阶之久也。”接着反身慢慢入内，从“倚门”到“倚窗”，表现张生情思恍惚、急灼焦躁的情状。

我却待"贤贤易色[7]"将心戒，怎禁他兜的上心来。

【天下乐】我则索倚定门儿手托腮，好着我难猜：来也那不来？夫人行料应难离侧。望得人眼欲穿，想得人心越窄，多管是冤家不自在。

偌早晚不来，莫不又是谎么？

【那吒令】他若是肯来，早身离贵宅；他若是到来，便春生敝斋；他若是不来，似石沉大海。数着他脚步儿行，倚定窗棂儿待。寄语多才[8]：

【鹊踏枝】恁的般恶抢白，并不曾记心怀；拨得[9]个意转心回，夜去明来。空调眼色[10]经今半载，这其间委实难捱。

小姐这一遭若不来呵，

【寄生草】安排着害[11]，准备着抬[12]。想着这异乡身强把茶汤捱，则为这可憎才熬得心肠耐，办一片志诚心留得形骸在。试着那司天台[13]打算半年愁，端的是太平车[14]约有十余载。

〔红上，云〕姐姐，我过去，你在这里。〔红敲门科〕〔末问云〕是谁？〔红云〕是你前世的娘。〔末云〕小姐来么？〔红云〕你接了衾枕者，小姐入来也。张生，你怎么谢我？〔末拜云〕小生一言难尽，寸心相报，惟天可表！〔红云〕你放轻者，休唬了他！〔红推旦入云〕姐姐，你入去，我在门儿外等你。〔末见旦跪云〕张珙有何德能，敢劳神仙下降，知他是睡里梦里？

【批注】

忽等忽想，忽悔忽恨，忽疑忽猜，数曲婉转反复，俱写张生千头万绪的久待心理。

【批注】

半娇半羞，半推半就，"推"字妙。

【村里迓鼓】猛见他可憎模样，——小生那里得病来——早医可九分不快。先前见责，谁承望今宵欢爱！着小姐这般用心，不才张珙，合当跪拜。小生无宋玉般容，潘安般貌，子建般才；姐姐，你则是可怜见为人在客！

【元和令】绣鞋儿刚半拆[15]，柳腰儿够一搦[16]，羞答答不肯把头抬，只将鸳枕挨。云鬟仿佛坠金钗，偏宜鬏髻儿歪。

【上马娇】我将这钮扣儿松，把缕带儿解；兰麝散幽斋。不良[17]会把人禁害，咍[18]，怎不肯回过脸儿来？

【胜葫芦】我这里软玉温香抱满怀。呀，阮肇到天台，春至人间花弄色。将柳腰款摆，花心轻拆，露滴牡丹开。

【幺篇】但蘸着些儿麻上来，鱼水得和谐，嫩蕊娇香蝶恣采。半推半就，又惊又爱，檀口揾[19]香腮。

〔末跪云〕谢小姐不弃，张珙今夕得就枕席，异日犬马之报。〔旦云〕妾千金之躯，一旦弃之。此身皆托于足下，勿以他日见弃，使妾有白头之叹[20]。〔末云〕小生焉敢如此？〔末看手帕科〕

【后庭花】春罗原莹白，早见红香点嫩色。〔旦云〕羞人答答的，看甚么？〔末唱〕灯下偷睛觑，胸前着肉揣。畅奇哉，浑身通泰，不知春从何处来？无能的张秀才，孤身西洛客，自从逢稔色，思量的不下怀；忧愁因间隔，相思无摆

【批注】

《西厢记》用词多含蓄蕴藉，有时意虽极亵而文字颇雅。但亦有莽率俚浅猥俗之处，故昔人有“浓盐赤酱”之诮。

【批注】

崔、张私合，以实际行动宣布了对封建礼教和封建婚姻的叛逆。二人之间的旧有矛盾解决，莺莺又担心张生“停妻再娶”，构成了新的内心冲突。

划[21]；谢芳卿不见责。

【柳叶儿】 我将你做心肝儿般看待，点污了小姐清白。忘餐废寝舒心害，若不是真心耐，志诚挂，怎能够这相思苦尽甘来？

【青哥儿】 成就了今宵欢爱，魂飞在九霄云外。投至得见你多情小奶奶，憔悴形骸，瘦似麻秸。今夜和谐，犹自疑猜。露滴香埃，风静闲阶，月射书斋，云锁阳台；审问明白，只疑是昨夜梦中来，愁无奈。

〔旦云〕我回去也，怕夫人觉来寻我。〔末云〕我送小姐出来。

【寄生草】 多丰韵，忒稔色。乍时相见教人害，霎时不见教人怪，些儿得见教人爱。今宵同会碧纱厨，何时重解香罗带。

〔红云〕来拜你娘！张生，你喜也。姐姐，咱家去来。〔末唱〕

【煞尾】 春意透酥胸，春色横眉黛，贱却人间玉帛。杏脸桃腮，乘着月色，娇滴滴越显得红白。下香阶，懒步苍苔，动人处弓鞋凤头窄。叹鲰生[22]不才，谢多娇错爱。若小姐不弃小生，此情一心者，你是必破工夫明夜早些来。〔下〕

【批注】

“乍时”三句总收上文，是对崔、张由相见、相思至相会全部过程的简要概括。

注释

❶金界：庙宇。

❷彩云：晏小山《临江仙》词：“当时明月在，曾照彩云归。”这里语意双

关，暗指所爱的女子。

❸业眼：造孽的眼睛。

❹呆答孩：痴呆地。答孩，语助词，无义。

❺越越的：悄悄地。青鸾：即青鸟，传说中为西王母传信的使者。

❻黄犬：传说晋代陆机有一条狗，名叫黄耳，能够长途传递书信。

❼贤贤易色：语出《论语·学而》，意思是以好贤之心来改换好色之心。前一“贤”字为动词，后一“贤”字为名词。

❽多才：多才的人，指莺莺。

❾拨得：即“博得”。

❿调眼色：眉目传情。

⓫害：害相思病。

⓬抬：病死被抬走。

⓭司天台：掌管观察天文、推算历法的机关。

⓮太平车：一种大型的兽力载重车。

⓯折：同“拃（zhǎ）”，拇指与中指伸开间的长度。

⓰一搦（nuò）：一握，一把，极言其细弱。

⓱不良：爱极的反语，与“可憎”“冤家”相同。

⓲咍（hāi）：招呼声，犹如“咳”。

⓳揾：吻。

⓴白头之叹：被丈夫抛弃的哀叹。司马相如与卓文君成婚，后又将娶妾，卓文君作《白头吟》以示自绝。

㉑摆划：办法。

㉒鲰（zōu）生：小子，鄙人。自称的谦词。

第二折

〔夫人引俫上，云〕这几日窃见莺莺语言恍惚，神思加倍，腰肢体态，比向日不同；莫不做下来了么？〔俫云〕前日晚夕，奶奶睡了，我见姐姐和红娘烧香，半晌不回来，我家去睡了。

【批注】

莺莺酬简，标志内部矛盾的解决。从这一折起，戏剧冲突表现为两种势

〔夫人云〕这桩事都在红娘身上，唤红娘来！〔俫唤红科〕〔红云〕哥哥唤我怎么？〔俫云〕奶奶知道你和姐姐去花园里去，如今要打你哩。〔红云〕呀！小姐，你带累我也！小哥哥，你先去，我便来也。〔红唤旦科〕〔红云〕姐姐，事发了也，老夫人唤我哩，却怎了？〔旦云〕好姐姐，遮盖咱！〔红云〕娘呵，你做的隐秀[1]者，我道你做下来也。〔旦念〕月圆便有阴云蔽，花发须教急雨催。〔红唱〕

【越调·斗鹌鹑】 则着你夜去明来，倒有个天长地久；不争你握雨携云，常使我提心在口。则合带月披星，谁着你停眠整宿？老夫人心数多，情性㑇[2]；使不着我巧语花言，将没做有。

【紫花儿序】 老夫人猜那穷酸做了新婿，小姐做了娇妻，这小贱人做了牵头。俺小姐这些时春山低翠，秋水凝眸。别样的都休，试把你裙带儿拴，纽门儿扣，比着你旧时肥瘦，出落得精神，别样的风流。

〔旦云〕红娘，你到那里小心回话者！〔红云〕我到夫人处，必问："这小贱人，

【金蕉叶】 我着你但去处行监坐守，谁着你迤逗的胡行乱走？"若问着此一节呵如何诉休？你便索与他个知情的犯由[3]。

姐姐，你受责理当，我图甚么来？

【调笑令】 你绣帏里效绸缪[4]，倒凤颠鸾百事有。我在窗儿外几曾轻咳嗽，立苍苔将绣鞋儿

力的对抗，夫人拷红、长亭送别，成为全剧的高潮。

【批注】

全曲成语叠用，相互对称，切合红娘伶牙俐齿的特点。

【批注】

红娘拟夫人责己语，逼真入化。

冰透。今日个嫩皮肤倒将粗棍抽，姐姐呵，俺这通殷勤的着甚来由？

姐姐在这里等着，我过去。说过呵，休欢喜；说不过，休烦恼。〔红见夫人科〕〔夫人云〕小贱人，为甚么不跪下！你知罪么？〔红跪云〕红娘不知罪。〔夫人云〕你故自[5]口强哩。若实说呵，饶你；若不实说呵，我直打死你这个贱人！谁着你和小姐花园里去来？〔红云〕不曾去，谁见来？〔夫人云〕欢郎见你去来，尚故自推哩。〔打科〕〔红云〕夫人休闪了手，且息怒停嗔，听红娘说。

【鬼三台】夜坐时停了针绣，共姐姐闲穷究[6]，说张生哥哥病久。咱两个背着夫人，向书房问候。〔夫人云〕问候呵，他说甚么？〔红云〕他说来，道“老夫人事已休，将恩变为仇，着小生半途喜变做忧”。他道：“红娘你且先行，教小姐权时落后。”

〔夫人云〕他是个女孩儿家，着他落后怎么？〔红唱〕

【秃厮儿】我只道神针法灸，谁承望燕侣莺俦。他两个经今月余只是一处宿，何须你一一问缘由？

【圣药王】他每不识忧，不识愁，一双心意两相投。夫人得好休，便好休，这其间何必苦追求？常言道“女大不中留”。

〔夫人云〕这端事都是你个贱人。〔红云〕

【批注】

【斗鹌鹑】四曲，写红娘见老夫人前的思想活动，细致入微，近情近理。她对局势的估计，对老夫人家法的担心，增强了场上的紧张气氛；同时说明她对这场冲突有清醒的认识，考虑了对策，为舌战老夫人作了张本。

【批注】

由招承到排解，进而指责，过接自然。

非是张生小姐红娘之罪，乃夫人之过也。〔夫人云〕这贱人倒指下我来，怎么是我之过？〔红云〕信者人之根本，“人而无信，不知其可也。大车无輗，小车无軏[7]，其何以行之哉？”当日军围普救，夫人所许退军者，以女妻之。张生非慕小姐颜色，岂肯区区建退军之策？兵退身安，夫人悔却前言，岂得不为失信乎？既然不肯成其事，只合酬之以金帛，令张生舍此而去。却不当留请张生于书院，使怨女旷夫，各相早晚窥视，所以夫人有此一端。目下老夫人若不息其事，一来辱没相国家谱；二来张生日后名重天下，施恩于人，忍令反受其辱哉？使至官司，夫人亦得治家不严之罪。官司若推其详，亦知老夫人背义而忘恩，岂得为贤哉？红娘不敢自专，乞望夫人台鉴：莫若恕其小过，成就大事，㨎[8]之以去其污，岂不为长便乎？

【麻郎儿】秀才是文章魁首，姐姐是仕女班头；一个通彻三教九流，一个晓尽描鸾刺绣。

【幺篇】世有、便休、罢手[9]，大恩人怎做敌头？起白马将军故友，斩飞虎叛贼草寇。

【络丝娘】不争和张解元参辰卯酉[10]，便是与崔相国出乖弄丑。到底干连着自己骨肉，夫人索穷究。

〔夫人云〕这小贱人也道得是。我不合养了这个不肖之女。待经官呵，玷辱家门。罢，罢！俺家无犯法之男，再婚之女，与了这厮罢。红娘

【批注】

全剧的根本矛盾酿成直接的正面冲突，情节进入高潮。表面上是老夫人责问红娘，实际是红娘用“以其人之道还治其人之身”的方式指责老夫人。

【批注】

老夫人本来要拿红娘治罪，却陷入了被审判的境地，不得不让红娘牵着鼻子走。这样的结局大有喜剧意味。

唤那贱人来！〔红见旦云〕且喜姐姐，那棍子则是滴溜溜在我身上，吃我直说过了。我也怕不得许多，夫人如今唤你来，待成合亲事。〔旦云〕羞人答答的，怎么见夫人？〔红云〕娘跟前有甚么羞？

【小桃红】 当日个月明才上柳梢头，却早人约黄昏后。羞得我脑背后将牙儿衬着衫儿袖。猛凝眸，看时节则见鞋底尖儿瘦。一个恣情的不休，一个哑声儿厮耨[11]。呸！那其间可怎生不害半星儿羞？

〔旦见夫人科〕〔夫人云〕莺莺，我怎生抬举你来，今日做这等的勾当；则是我的孽障，待怨谁的是！我待经官来，辱没了你父亲，这等事不是俺相国人家的勾当。罢，罢，罢！谁似俺养女的不长进！红娘，书房里唤将那禽兽来！〔红唤末科〕〔末云〕小娘子唤小生做甚么？〔红云〕你的事发了也，如今夫人唤你来，将小姐配与你哩。小姐先招了也，你过去。〔末云〕小生惶恐，如何见老夫人？当初谁在老夫人行说来？〔红云〕休佯小心，过去便了。

【幺篇】 既然泄漏怎干休？是我先投首。俺家里陪酒陪茶倒搁就。你休愁，何须约定通媒媾？我弃了部署[12]不收，你原来“苗而不秀[13]”。呸！你是个银样镴枪头[14]。

〔末见夫人科〕〔夫人云〕好秀才呵，岂不闻“非先王之德行不敢行”。我待送你去官司里

【批注】

每于红娘穿针引线、调侃中引发笑料。“银样镴枪头”，中看不中用。切合张生热烈多情而又迂阔软弱的性格。

去来，恐辱没了俺家谱。我如今将莺莺与你为妻，则是俺三辈儿不招白衣⑮女婿。你明日便上朝取应去，我与你养着媳妇，得官呵，来见我；驳落呵，休来见我。〔红云〕张生早则喜也。

【东原乐】相思事，一笔勾，早则展放从前眉儿皱。美爱幽欢恰动头。既能够，张生，你觑兀的般可喜娘庞儿也要人消受。

〔夫人云〕明日收拾行装，安排果酒，请长老一同送张生到十里长亭去。〔旦念〕寄语西河堤畔柳，安排青眼⑯送行人。〔同夫人下〕〔红唱〕

【收尾】来时节画堂箫鼓鸣春昼，列着一对儿鸾交凤友。那其间才受你说媒红⑰，方吃你谢亲酒⑱。〔并下〕

【批注】

再次许婚，是不得已的妥协，立逼张生上京应试，是被动中的主动，妥协中的进攻，既符合老夫人顽固坚持封建门第观念的思想性格，又造成新的戏剧悬念。剧情发展一开一合，一纵一收，极尽曲折回环之致。

注释

❶隐秀：隐蔽，秘密。

❷㑇（zhòu）：同“㑳”，固执，狭隘。

❸犯由：犯罪的原由，罪状。

❹绸缪（móu）：缠绵亲昵。

❺故自：“尚故自”的省略。尚自，还。

❻穷究：聊天。

❼大车无輗（ní），小车无軏（yuè）：輗和軏都是车辕前端与车横衔接处穿孔中的关键。大车上的叫輗，小车上的叫軏。

❽撋（ruán）：“撋就”的省称，撮合、成就的意思。

❾世有、便休、罢手：意为崔、张相爱，既有此事，莫如罢休，不必再追究。世有，既有。

⑩参（shēn）辰卯酉：参、辰是两个此出彼没互不相见的星宿，卯、酉是两个相对的时辰。这里比作对头。

⑪厮耨（nòu）：相昵。

⑫部署：宋元时的枪棒教师。

⑬苗而不秀：庄稼生长了却不吐穗扬花，比喻没出息，不中用。

⑭银样镴（là）枪头：像银子一样的枪头却是镴做的。比喻中看不中用。镴，铅与锡的合金。

⑮白衣：古代平民穿白衣，用以指没有功名、官职的人。

⑯青眼：指柳叶。也暗用晋代诗人阮籍青白眼的故事，青眼表示对人的善爱。

⑰说媒红：酬谢媒人的钱钞花红。

⑱谢亲酒：宋元习俗，婚后三天，男方宴请岳父母及媒人，称为谢亲酒。

第三折

〔夫人、长老上，云〕今日送张生赴京，十里长亭，安排下筵席。我和长老先行，不见张生小姐来到。

〔旦、末、红同上〕〔旦云〕今日送张生上朝取应，早是离人伤感，况值那暮秋天气，好烦恼人也呵！悲欢聚散一杯酒，南北东西万里程。

【正宫·端正好】 碧云天，黄花地，西风紧，北雁南飞。晓来谁染霜林醉？总是离人泪。

【滚绣球】 恨相见得迟，怨归去得疾。柳丝长玉骢①难系，恨不倩疏林挂住斜晖。马儿迍迍②的行，车儿快快的随，却告了相思回避③，破题儿④又早别离。听得道一声去也，松了金钏；

【批注】

徐士范评：“此折叙离合情绪，客路景物，可称辞曲中赋。”

【批注】

色彩斑斓，秋景如画。由景入情，情中点景，情景交融，堪称绝唱。

遥望见十里长亭，减了玉肌：此恨谁知？

〔红云〕姐姐今日怎么不打扮？〔旦云〕你那知我的心里呵。

【叨叨令】 见安排着车儿、马儿，不由人熬熬煎煎的气；有甚么心情花儿、靥儿，打扮得娇娇滴滴的媚；准备着被儿、枕儿，则索昏昏沉沉的睡；从今后衫儿、袖儿，都揾做重重叠叠的泪。兀的不闷杀人也么哥！兀的不闷杀人也么哥！久已后书儿、信儿，索与我恓恓惶惶的寄。

〔做到〕〔见夫人科〕〔夫人云〕张生和长老坐，小姐这壁坐，红娘将酒来。张生，你向前来，是自家亲眷，不要回避。俺今日将莺莺与你，到京师休辱没了俺孩儿，挣揣[⑤]一个状元回来者。〔末云〕小生托夫人余荫，凭着胸中之才，视官如拾芥[⑥]耳。〔洁云〕夫人主见不差，张生不是落后的人。〔把酒了，坐〕〔旦长吁科〕

【脱布衫】 下西风黄叶纷飞，染寒烟衰草萋迷[⑦]。酒席上斜签着[⑧]坐的，蹙愁眉死临侵地[⑨]。

【小梁州】 我见他阁泪汪汪不敢垂，恐怕人知；猛然见了把头低，长吁气，推整素罗衣。

【幺篇】 虽然久后成佳配，奈时间怎不悲啼。意似痴，心如醉，昨宵今日，清减了小腰围。

〔夫人云〕小姐把盏者！〔红递酒，旦把盏长吁科云〕请吃酒！

【上小楼】 合欢未已，离愁相继。想着俺前

【批注】

莺莺唱的曲子，有含情不露，接近秦、柳小词的，如“白马解围”前唱的【八声甘州】【混江龙】二曲；有尽情倾泻，近似姚、卢散曲的，如此处【叨叨令】一曲。作用各有不同，不能离开规定情景分高下。

暮私情，昨夜成亲，今日别离。我谂知[10]这几日相思滋味，却原来比别离情更增十倍。

【幺篇】年少呵轻远别，情薄呵易弃掷。全不想腿儿相挨，脸儿相偎，手儿相携。你与俺崔相国做女婿，妻荣夫贵[11]，但得一个并头莲，煞强如状元及第。

〔夫人云〕红娘把盏者！〔红把酒科〕〔旦唱〕

【满庭芳】供食太急，须臾对面，顷刻别离。若不是酒席间子母每当回避，有心待与他举案齐眉。虽然是厮守得一时半刻，也合着俺夫妻每共桌而食。眼底空留意，寻思起就里，险化做望夫石。

〔红云〕姐姐不曾吃早饭，饮一口儿汤水。〔旦云〕红娘，甚么汤水咽得下！

【快活三】将来的酒共食，尝着似土和泥。假若便是土和泥，也有些土气息，泥滋味。

【朝天子】暖溶溶玉醅，白泠泠似水，多半是相思泪。眼面前茶饭怕不待[12]要吃，恨塞满愁肠胃。“蜗角虚名，蝇头微利[13]”，拆鸳鸯在两下里。一个这壁，一个那壁，一递一声长吁气。

〔夫人云〕辆起车儿[14]，俺先回去，小姐随后和红娘来。〔下〕〔末辞洁科〕〔洁云〕此一行别无话儿，贫僧准备买登科录[15]看，做亲的茶饭少不得贫僧的。先生在意，鞍马上保重者！从今经忏无心礼，专听春雷第一声。〔下〕〔旦唱〕

【批注】

珍重爱情，轻薄功名，是莺莺思想性格的一大发展。

【批注】

比喻精当，韵味无穷，是状写离愁别绪的当行至语。

【四边静】霎时间杯盘狼籍，车儿投东，马儿向西。两意徘徊，落日山横翠。知他今宵宿在那里？有梦也难寻觅。

张生，此一行得官不得官，疾便回来。〔末云〕小生这一去白夺一个状元，正是“青霄有路终须到，金榜无名誓不归”。〔旦云〕君行别无所赠，口占一绝，为君送行：弃掷今何在，当时且自亲。还将旧来意，怜取眼前人。〔末云〕小姐之意差矣，张珙更敢怜谁？谨赓一绝，以剖寸心：人生长远别，孰与最关亲？不遇知音者，谁怜长叹人？〔旦唱〕

【耍孩儿】淋漓襟袖啼红泪，比司马青衫更湿。伯劳东去燕西飞，未登程先问归期。虽然眼底人千里，且尽生前酒一杯。未饮心先醉，眼中流血，心内成灰。

【五煞】到京师服水土，趁程途节饮食，顺时自保揣[16]身体。荒村雨露宜眠早，野店风霜要起迟。鞍马秋风里，最难调护，最要扶持。

【四煞】这忧愁诉与谁？相思只自知，老天不管人憔悴。泪添九曲黄河溢，恨压三峰华岳低。到晚来闷把西楼倚，见了些夕阳古道，衰柳长堤。

【三煞】笑吟吟一处来，哭啼啼独自归。归家若到罗帏里，昨宵个绣衾香暖留春住，今夜个翠被生寒有梦知。留恋你别无意，见据鞍上马，阁不住泪眼愁眉。

【批注】

“车儿投东，马儿向西”与前“马儿迍迍的行，车儿快快的随”及后文“据鞍上马”“懒上车儿”相应。“有梦也难寻觅”开启下折。

【批注】

张生对前程的乐观，莺莺对爱情的坚贞，表明“逼试”的打击并不能拆散这对青年夫妻；预示离别是暂时的，团圆是必然的。这就在浓厚的抒情气氛中，将悲剧因素与喜剧因素交织起来，痛苦、悲伤的感情潮水，不是奔向绝望，而是要达到幸福的彼岸！

〔末云〕有甚言语嘱付小生咱？〔旦唱〕

【二煞】你休忧“文齐福不齐[17]”，我则怕你“停妻再娶妻”。休要“一春鱼雁无消息”！我这里青鸾有信频须寄，你却休“金榜无名誓不归”。此一节君须记，若见了那异乡花草，再休似此处栖迟。

〔末云〕再谁似小姐？小生又生此念。小姐放心，小生就此拜辞。〔旦唱〕

【一煞】青山隔送行，疏林不做美，淡烟暮霭相遮蔽。夕阳古道无人语，禾黍秋风听马嘶。我为甚么懒上车儿内，来时甚急，去后何迟？

〔红云〕夫人去好一会，姐姐，咱家去！〔旦唱〕

【收尾】四围山色中，一鞭残照里。遍人间烦恼填胸臆，量这些大小车儿[18]如何载得起！

〔旦、红下〕〔末云〕仆童赶早行一程儿，早寻个宿处。泪随流水急，愁逐野云飞。〔下〕

【批注】

莺莺内心疑虑的发展。

【批注】

末二曲写张生去后莺莺的怅望情景，景中有人、有情，虚情实写，正语反诘，俱臻妙境。

注释

❶玉骢（cōng）：毛色青白相间的骏马。

❷迍（zhūn）迍：行动迟缓的样子。

❸回避：躲避。这里是结束的意思。

❹破题儿：唐宋人叫诗赋的起首为破题，引申指事情的起头、开始。

❺挣揣：夺取。

❻拾芥：拾取小草。比喻事情的轻而易举。

❼萋迷：凄凉而迷蒙的样子。萋，通“凄”。

❽斜签着：斜插着。这里形容张生斜身侧坐的一种姿态。

❾死临侵地：死气沉沉的样子。
❿谂（shěn）知：深知。
⓫妻荣夫贵："夫荣妻贵"是当时成语，这里反其意用之。
⓬怕不待：怎么不，难道不。
⓭蜗角虚名，蝇头微利：比喻微小的名利。
⓮辆起车儿：套起车子。辆，作动词用。
⓯登科录：科举考试的录取名单。
⓰揣：即"囊揣"之省词，指身体虚弱。
⓱文齐福不齐：当时成语，意为有文才而运气却不好，指不能考取。
⓲大小车儿：意为小车儿。大小，偏义复词，即小。

第四折

〔末引仆骑马上，开〕离了蒲东早三十里也。兀的前面是草桥，店里宿一宵，明日赶早行。这马百般儿不肯走：行色一鞭催去马，羁愁万斛引新诗。

【双调·新水令】望蒲东萧寺暮云遮，惨离情半林黄叶。马迟人意懒，风急雁行斜。离恨重叠，破题儿第一夜。

想着昨日受用，谁知今日凄凉！

【步步娇】昨夜个翠被香浓熏兰麝，欹珊枕把身躯儿趄[①]。脸儿厮揾者，仔细端详，可憎的别[②]。铺云鬓玉梳斜，恰便似半吐初生月。

早到也，店小二哥那里？〔小二哥上，云〕官人，俺这头房里下。〔末云〕琴童接了马者！点上灯，我诸般不要吃，只要睡些儿。〔仆云〕

【批注】

徐复祚评："且《西厢》之妙，正在于'草桥'一梦，似假疑真，乍离乍合，情尽而意无穷……"这一折承上启下，写梦境里的送别，是"哭宴"的继续，想象莺莺大胆私奔，表明莺莺的性格有了新的飞跃。

小人也辛苦，待歇息也。〔在床前打铺做睡科〕〔末云〕今夜甚睡得到我眼里来也！

【落梅风】旅馆欹单枕，秋蛩鸣四野，助人愁的是纸窗儿风裂。乍孤眠被儿薄又怯，冷清清几时温热！

〔末睡科〕〔旦上，云〕长亭畔别了张生，好生放不下。老夫人和梅香都睡了，我私奔出城，赶上和他同去。

【乔木查】走荒郊旷野，把不住心娇怯，喘吁吁难将两气接。疾忙赶上者，打草惊蛇[3]。

【搅筝琶】他把我心肠扯，因此不避路途赊[4]。瞒过俺能拘管的夫人，稳住俺厮齐攒[5]的侍妾。想着他临上马痛伤嗟，哭得我也似痴呆。不是我心邪，自别离以后，到西日初斜，愁得来陡峻，瘦得来咋嗻[6]。则离得半个日头，却早又宽掩过翠裙三四褶，谁曾经这般磨灭？

【锦上花】有限姻缘，方才宁贴；无奈功名，使人离缺。害不了的愁怀，却才觉[7]些；撇不下的相思，如今又也。

【幺篇】清霜净碧波，白露下黄叶。下下高高，道路凹折；四野风来，左右乱踅[8]。我这里奔驰，他何处困歇？

【清江引】呆答孩店房儿里没话说，闷对如年夜。暮雨催寒蛩，晓风吹残月，今宵酒醒何处也？

〔旦云〕在这个店儿里，不免敲门。〔末云〕

【批注】

通过梦境表现两人心情，明刘丽华曰："旅舍魂惊，春闺梦断，此篇隐括。"

谁敲门哩？是一个女人的声音，我且开门看咱，这早晚是谁？

【庆宣和】是人呵疾忙快分说，是鬼呵合速灭。〔旦云〕是我。老夫人睡了，想你去了呵，几时再得见，特来和你同去。〔末唱〕听说罢将香罗袖儿拽，却原来是姐姐、姐姐。

难得小姐的心勤！

【乔牌儿】你是为人须为彻，将衣袂不藉[9]。绣鞋儿被露水泥沾惹，脚心儿管踏破也。

〔旦云〕我为足下呵，顾不得迢递。〔旦唧唧[10]了〕〔末唱〕

【甜水令】想着你废寝忘餐，香消玉减，花开花谢，犹自觉争些[11]；便枕冷衾寒，凤只鸾孤，月圆云遮，寻思来有甚伤嗟。

【折桂令】想人生最苦离别，可怜见千里关山，独自跋涉。似这般割肚牵肠，倒不如义断恩绝。虽然是一时间花残月缺，休猜做瓶坠簪折[12]。不恋豪杰，不羡骄奢；自愿的生则同衾，死则同穴。

〔外净一行扮卒子上，叫云〕恰才见一女子渡河，不知那里去了？打起火把者，分明见他走在这店中去也。将出来！将出来！〔末云〕却怎了？〔旦云〕你近后，我自开门对他说。

【水仙子】硬围着普救寺下锹镢[13]，强当住咽喉仗剑钺。贼心肠馋眼脑天生得劣。〔卒子云〕你是谁家女子，夤夜渡河？〔旦唱〕休言语，靠

【批注】

铺写相思痛苦，为下曲“想人生最苦离别”作衬。

【批注】

不图虚名，不羡富贵，忠贞爱情，生死不渝，莺莺思想性格最后完成。此曲抑扬顿挫，连用十余句习语倾吐衷肠，煞似成语集锦。

后些！杜将军你知道他是英杰，觑一觑着你为了醯酱[14]，指一指教你化做背血[15]。骑着匹白马来也。

〔卒子抢旦下〕〔末惊觉云〕呀，原来却是梦里。且将门儿推开看。只见一天露气，满地霜华，晓星初上，残月犹明。无端燕鹊高枝上，一枕鸳鸯梦不成。

【雁儿落】绿依依墙高柳半遮，静悄悄门掩清秋夜，疏剌剌林梢落叶风，昏惨惨云际穿窗月。

【得胜令】惊觉我的是颤巍巍竹影走龙蛇，虚飘飘庄周梦蝴蝶，絮叨叨促织儿无休歇，韵悠悠砧声儿不断绝。痛煞煞伤别，急煎煎好梦儿应难舍；冷清清的咨嗟，娇滴滴玉人儿何处也！

〔仆云〕天明也。咱早行一程儿，前面打火[16]去。〔末云〕店小二哥，还你房钱，鞴了马者。

【鸳鸯煞】柳丝长咫尺情牵惹，水声幽仿佛人呜咽。斜月残灯，半明不灭。唱道是旧恨连绵，新愁郁结；别恨离愁，满肺腑难淘泻。除纸笔代喉舌，千种相思对谁说。〔并下〕

【络丝娘煞尾】都则为一官半职，阻隔得千山万水。

题目　小红娘成好事　老夫人问私情

正名　短长亭斟别酒　草桥店梦莺莺

【批注】

徐文长评："全篇皆梦中语，从天而降，摹写如画。"元词多以梦境写离思，如《汉宫秋》《梧桐雨》等，《西厢记》亦然。

【批注】

二曲以叠字对句赋旅邸梦回之景，凄绝可念。

【批注】

"除纸笔代喉舌，千种相思对谁说"，为下文寄书作过渡。前人谓《西厢》至此已完，后为续尾，殊不可信。

注释

❶趄（qiè）：斜靠。

❷可憎的别：特别的可爱。

❸打草惊蛇：不要惊动别人的意思。

❹赊（shē）：远。

❺齐攒：搅扰。

❻哞嗻（chēzhē）：厉害。

❼觉：同“较”，减轻，痊愈。

❽踅（xué）：旋转。

❾藉：顾藉，顾惜。

❿唧唧：叹息声。

⓫争些：差点。

⓬瓶坠簪折：比喻夫妻关系破裂。

⓭镢（jué）：大锄。

⓮醯（xī）酱：即酱，此指肉酱。醯，醋。

⓯膋（liáo）血：脓血。

⓰打火：旅途中吃饭叫打火。

第五本

张君瑞庆团圞

楔　子

〔末引仆人上开，云〕自暮秋与小姐相别，倏经半载之际。托赖祖宗之荫，一举及第，得了头名状元。如今在客馆听候圣旨御笔除授①，惟恐小姐挂念，且修一封书，令琴童家去，达知夫人，便知小生得中，以安其心。琴童过来，你将文房四宝②来，我写就家书一封，与我星夜到河中府去。见小姐时，说："官人怕娘子忧，特地先着小人将书来。"即忙接了回书来者。过日月好疾也呵！

【仙吕·赏花时】相见时红雨③纷纷点绿苔，别离后黄叶萧萧凝暮霭。今日见梅开，别离半载。琴童，我嘱咐你的言语记着！则说道特地寄书来。〔下〕

〔仆云〕得了这书，星夜望河中府走一遭。〔下〕

【批注】

第五本写张生功名得志，与第一本开场时他唱的"泛浮槎到日月边"遥相呼应。写郑恒争婚，夫人再悔，为全剧大团圆结局再次造成危机感。喜剧冲突曲折发展，最后形成崔、张完婚、皆大欢喜的场面，用最欢快的调子唱出"愿普天下有情的都成了眷属"的美好祝愿。

注释

❶除授：任命官职。

❷文房四宝：指纸、墨、笔、砚。
❸红雨：比喻落花。

第一折

〔旦引红娘上开，云〕自张生去京师，不觉半年，杳无音信。这些时神思不快，妆镜懒抬，腰肢瘦损，茜裙宽褪，好烦恼人也呵！

【商调·集贤宾】 虽离了我眼前，却在心上有；不甫能[1]离了心上，又早眉头。忘了时依然还又，恶思量无了无休。大都来[2]一寸眉峰，怎当他许多颦皱。新愁近来接着旧愁，厮混了难分新旧。旧愁似太行山隐隐，新愁似天堑水悠悠。

【批注】
全曲熔铸前人词意，通体只写一“愁”字，为剧末大团圆的喜庆结局作铺垫。

〔红云〕姐姐往常针尖不倒[3]，其实不曾闲了一个绣床，如今百般的闷倦。往常也曾不快，将息便可，不似这一场清减得十分利害。〔旦唱〕

【逍遥乐】 曾经消瘦，每遍犹闲，这番最陡。〔红云〕姐姐心儿闷呵，那里散心耍咱。〔旦唱〕何处忘忧？看时节独上妆楼，手卷珠帘上玉钩，空目断山明水秀；见苍烟迷树，衰草连天，野渡横舟。

【批注】
“空目断”数语，意在言外，余音缭绕。

〔旦云〕红娘，我这衣裳这些时都不似我穿的。〔红云〕姐姐正是“腰细不胜衣”。〔旦唱〕

【挂金索】 裙染榴花，睡损胭脂皱；纽结丁香，掩过芙蓉扣；线脱珍珠，泪湿香罗袖；杨柳眉颦，“人比黄花瘦”。

〔仆人上，云〕奉相公言语，特将书来与小姐。恰才前厅上见了夫人，夫人好生欢喜，着入来见小姐，早至后堂。〔咳嗽科〕〔红问云〕谁在外面？〔见科〕〔红见仆了〕〔红笑云〕你几时来？可知道“昨夜灯花报，今朝喜鹊噪”。姐姐正烦恼哩，你自来？和哥哥来？〔仆云〕哥哥得了官也，着我寄书来。〔红云〕你则在这里等着，我对俺姐姐说了呵，你进来。〔红见旦笑科〕〔旦云〕这小妮子怎么？〔红云〕姐姐，大喜大喜，咱姐夫得了官也。〔旦云〕这妮子见我闷呵，特故哄我。〔红云〕琴童在门首，见了夫人了，使他进来见姐姐，姐夫有书。〔旦云〕惭愧，我也有盼着他的日头，唤他入来。〔仆入见旦科〕〔旦云〕琴童，你几时离京师？〔仆云〕离京一月多也，我来时哥哥去吃游街棍子④去了。〔旦云〕这禽兽不省得，状元唤做夸官，游街三日。〔仆云〕夫人说的便是，有书在此。〔旦做接书科〕

【金菊花】早是我只因他去减了风流，不争你寄得书来又与我添些儿证候。说来的话儿不应口，无语低头，书在手，泪凝眸。

〔旦开书看科〕

【醋葫芦】我这里开时和泪开，他那里修时和泪修，多管搁着笔尖儿未写早泪先流，寄来的书泪点儿兀自有。我将这新痕把旧痕湮透，正是一重愁翻做两重愁。

【毛评】

“此曲接书，后曲开书，又后曲念书，步骤甚细。故未开书以前，纯是写怨；见书以后，然后略及捷音耳。‘无语低头’二句自模语，似挡弹家词，最妙。”

〔旦念书科〕“张珙百拜奉启芳卿可人妆次：自暮秋拜违，倏尔半载。上赖祖宗之荫，下托贤妻之德，举中甲第。即目[5]于招贤馆寄迹，以伺圣旨御笔除授。惟恐夫人与贤妻忧念，特令琴童奉书驰报，庶几免虑。小生身虽遥而心常迩矣，恨不得鹣鹣比翼，邛邛并躯[6]。重功名而薄恩爱者，诚有浅见贪饕[7]之罪。他日面会，自当请谢不备。后成一绝，以奉清照[8]：玉京仙府探花郎，寄语蒲东窈窕娘。指日拜恩衣昼锦[9]，定须休作倚门妆。”

【幺篇】当日向西厢月底潜，今日向琼林宴上挡[10]。谁承望跳东墙脚步儿占了鳌头[11]？怎想道惜花心养成折桂手？脂粉丛里包藏着锦绣？从今后晚妆楼改做了至公楼[12]。

〔旦云〕你吃饭不曾？〔仆云〕上告夫人知道，早晨至今，空立厅前，那有饭吃。〔旦云〕红娘，你快取饭与他吃。〔仆云〕感蒙赏赐，我每就此吃饭，夫人写书。哥哥着小人索了夫人回书，至紧、至紧！〔旦云〕红娘将笔砚来。〔红将来科〕〔旦云〕书却写了，无可表意，只有汗衫一领，裹肚一条，袜儿一双，瑶琴一张，玉簪一枚，斑管一枝。琴童，你收拾得好者。红娘取银十两来，就与他盘缠。〔红娘云〕姐夫得了官，岂无这几件东西，寄与他有甚缘故？〔旦云〕你不知道。这汗衫儿呀，

【批注】

《西厢》所载崔、张二书，陈腐迂板，与曲白不称。

【批注】

据唐时习尚，“探花郎”系指其得第，非后世殿试第三名者。他本不解，有误添“探花郎是第三名”句，遂与前后曲白自称状元相矛盾。

【梧叶儿】他若是和衣卧，便是和我一处宿；但贴着他皮肉，不信不想我温柔。〔红云〕这裹肚要怎么？〔旦唱〕常则不要离了前后，守着他左右，紧紧的系在心头。〔红云〕这袜儿如何？〔旦〕拘管他胡行乱走。〔红云〕这琴他那里自有，又将去怎么？〔旦唱〕

【后庭花】当日五言诗紧趁逐，后来因七弦琴成配偶。他怎肯冷落了诗中意，我则怕生疏了弦上手。〔红云〕玉簪呵有甚主意？〔旦唱〕我须有个缘由，他如今功名成就，则怕他撇人在脑背后。〔红云〕斑管要怎的？〔旦唱〕湘江两岸秋，当日娥皇因虞舜愁，今日莺莺为君瑞忧。这九嶷山下竹⑬，共香罗衫袖口，

【青哥儿】都一般啼痕湮透。似这等泪斑宛然依旧，万古情缘一样愁。涕泪交流，怨慕难收，对学士叮咛说缘由，是必休忘旧！

〔旦云〕琴童，这东西收拾好者。〔仆云〕理会得。〔旦唱〕

【醋葫芦】你逐宵野店上宿，休将包袱做枕头，怕油脂腻展污了恐难酬。倘或水侵雨湿休便扭，我则怕干时节熨不开褶皱。一桩桩一件件细收留。

【金菊花】书封雁足此时修，情系人心早晚休？长安望来天际头，倚遍西楼，“人不见，水空流”。

〔仆云〕小人拜辞，即便去也。〔旦云〕琴

【批注】

寄物本《会真记》《董西厢》，取其象征意义。莺莺对张生疑虑的加深，正表明她追求的不是一时的欢乐，而是久长的爱情幸福。同时，摹写莺莺担心被遗弃的心理，反映了封建时代妇女处于从属的地位，有助于开拓爱情主题的社会意义。

【批注】

《西厢》曲词雅俗共赏，本色文采兼长。此曲明白如话，亦见作者工力。

童，你见官人对他说。〔仆云〕说甚么？〔旦唱〕

【浪里来煞】 他那里为我愁，我这里因他瘦。临行时啜赚[14]人的巧舌头，指归期约定九月九，不觉的过了小春[15]时候。到如今"悔教夫婿觅封侯"。

〔仆云〕得了回书，星夜回俺哥哥话去。〔下〕

注 释

❶不肯能：即"肯能"，刚刚，好容易。"不"以反语起加强语气的作用。

❷大都来：只不过。

❸针尖不倒：手不停针。

❹吃游街棍子：本是元时对犯人的一种刑罚，这里借以打诨。

❺即目：眼下，现在。

❻鹣（jiān）鹣比翼，邛（qióng）邛并躯：比喻夫妻相伴相随。鹣鹣，比翼鸟；邛邛，比肩兽。

❼贪饕（tāo）：贪食。这里指贪图功名。

❽清照：请对方看阅的敬词。

❾衣昼锦：衣锦还乡。

❿搊（chōu）：以手弹拨乐器。

⓫占了鳌头：指中了状元。

⓬至公楼：本指科举考试的试院，这里泛指官署。

⓭九嶷（yí）山下竹：即斑竹。九嶷山，今湖南宁远的苍梧山。传说舜帝南巡，死葬苍梧，他的两个妃子娥皇、女英追至，泪下滴竹，竹便成斑。

⓮啜（chuò）赚：哄骗。

⓯小春：指旧历十月。

第二折

〔末上，云〕“画虎未成君莫笑，安排牙爪始惊人。”本是举过便除，奉圣旨着翰林院编修国史。他每那知我的心，甚么文章做得成。使琴童递佳音，不见回来。这几日睡卧不宁，饮食少进，给假在驿亭中将息。早间太医院着人来看视，下药去了。我这病，卢扁[①]也医不得。自离了小姐，无一日心闲也呵！

【中吕·粉蝶儿】从到京师，思量心旦夕如是，向心头横躺着俺那莺儿。请医师，看诊罢，一星星[②]说是。本意待推辞，则被他察虚实不须看视。

【醉春风】他道是医杂证有方术，治相思无药饵。莺莺呵，你若是知我害相思，我甘心儿死、死。四海无家，一身客寄，半年将至。

〔仆上，云〕我则道哥哥除了，原来在驿亭中抱病，须索回书去咱。〔见了科〕〔末云〕你回来了也。

【迎仙客】疑怪这噪花枝灵鹊儿，垂帘幕喜蛛儿，正应着短檠上夜来灯爆时。若不是断肠词，决定是断肠诗。〔仆云〕小夫人有书至此。〔末接科〕写时管情泪如丝，既不呵，怎生泪点儿封皮上渍。

〔末读书科〕“薄命妾崔氏拜复，敬奉才郎

【毛评】

“此与前折作对偶，俱用虚写。盖未合以前，则以传书递简为微情；既合以后，又以寄物缄书为余思。”

君瑞文几：自音容去后，不觉许时，仰敬之心，未尝少怠。纵云日近长安远，何故鳞鸿之杳矣。莫因花柳之心，弃妾恩情之意？正念间，琴童至，得见翰墨，始知中科，使妾喜之如狂。郎之才望，亦不辱相国之家谱也。今因琴童回，无以奉贡，聊布瑶琴一张，玉簪一枚，斑管一枝，裹肚一条，汗衫一领，袜儿一双，权表妾之真诚。匆匆草字欠恭，伏乞情恕不备。谨依来韵，遂继一绝云：阑干倚遍盼才郎，莫恋宸京黄四娘[3]；病里得书知中甲，窗前览镜试新妆。”〔云〕那风风流流的姐姐，似这等女子，张珙死也死得着了。

【上小楼】 这的堪为字史[4]，当为款识[5]。有柳骨颜筋[6]，张旭张芝[7]，羲之献之[8]。此一时，彼一时，佳人才思，俺莺莺世间无二。

【幺篇】 俺做经咒般持，符箓般使。高似金章[9]，重似金帛，贵似金资。这上面若签个押字，使个令史[10]，差个勾使[11]，则是一张忙不及印赴期的咨示[12]。

〔末拿汗衫儿科〕休道文章，则看他这针指，人间少有。

【满庭芳】 怎不教张生爱尔，堪针工出色，女教为师。几千般用意针针是，可索寻思。长共短又没个样子，窄和宽想象着腰肢，好共歹无人试。想当初做时，用煞那小心儿。

小姐寄来这几件东西，都有缘故，一件件我

都猜着了。

【白鹤子】这琴，他教我闭门学禁指[13]，留意谱声诗，调养圣贤心，洗荡巢由耳[14]。

【二煞】这玉簪，纤长如竹笋，细白似葱枝，温润有清香，莹洁无瑕玼。

【三煞】这斑管，霜枝曾栖凤凰，泪点渍胭脂，当时舜帝恸娥皇，今日淑女思君子。

【四煞】这裹肚，手中一叶绵，灯下几回丝，表出腹中愁，果称心间事。

【五煞】这鞋袜儿，针脚儿细似虮子，绢帛儿腻似鹅脂，既知礼不胡行，愿足下当如此。

琴童，你临行小夫人对你说甚么？〔仆云〕着哥哥休别继良姻。〔末云〕小姐，你尚然不知我的心哩。

【快活三】冷清清客店儿，风淅淅雨丝丝，雨儿零，风儿细，梦回时，多少伤心事。

【朝天子】四肢不能动止，急切里盼不到蒲东寺。小夫人须是你见时，别有甚闲传示？我是个浪子官人，风流学士，怎肯去带残花折旧枝。自从到此，甚的是闲街市[15]。

【贺圣朝】少甚宰相人家，招婿的娇姿。其间或有个人儿似尔，那里取那温柔，这般才思？想莺莺意儿，怎不教人梦想眠思？

琴童来，将这衣裳东西收拾好者。

【耍孩儿】则在书房中倾倒个藤箱子，向箱子里面铺几张纸。放时节须索用心思，休教藤刺

【批注】

数曲虽首首与前折对应，然意似重复。元剧每每末尾结构松散，竟不如前，似强弩之末，《西厢》亦不免。

【批注】

应上折莺莺嘱琴童语。

儿抓住绵丝。高抬[16]在衣架上怕吹了颜色，乱穰[17]在包袱中恐锉[18]了褶儿。当如此，切须爱护，勿得因而。

【二煞】恰新婚，才燕尔，为功名来到此。长安忆念蒲东寺。昨宵个春风桃李花开夜，今日个秋雨梧桐叶落时。愁如是，身遥心迩，坐想行思。

【三煞】这天高地厚情，直到海枯石烂时，此时作念何时止？直到烛灰眼下才无泪，蚕老心中罢却丝。我不比游荡轻薄子，轻夫妇的琴瑟，拆鸾凤的雄雌。

【四煞】不闻黄犬音，难传红叶诗[19]，驿长不遇梅花使[20]。孤身去国三千里，一日归心十二时。凭栏视，听江声浩荡，看山色参差。

【尾】忧则忧我在病中，喜则喜你来到此。投至得引人魂卓氏音书至，险将这害鬼病的相如盼望死。〔下〕

【毛评】

“一曲只一意，反复缠绵，此是元词本色。”

注释

❶卢扁：春秋时的名医扁鹊。扁鹊家于卢，因而后人又称之为卢医、卢扁。

❷一星星：一件件。

❸宸京：帝京，京城。黄四娘：泛指美女。杜甫《江畔独步寻花七绝句》：“黄四娘家花满蹊，千朵万朵压枝低。”

❹字史：字帖，写字的范本。

❺款识（zhì）：古代器物上刻的字。这里是应当刻出来流传的意思。

❻柳骨颜筋：柳指柳公权，颜指颜真卿，都是唐代的书法家。

⑦张旭张芝：原文为“张旭张颠”，兹据王伯良本改。张旭，唐代书法家，善草书，嗜酒，每大醉后便下笔，或以头蘸墨而书，世称“张颠”。张芝，东汉书法家，亦工草书，时称“草圣”。

⑧羲之献之：指晋代书法家王羲之、王献之父子，二人都以行书出名。

⑨金章：金印。

⑩令史：衙门里的书吏。

⑪勾使：官府中的差役。

⑫咨示：告示。

⑬禁指：弹琴的指法。

⑭洗荡巢由耳：巢指巢父，由指许由，二人都是古代传说中隐居不仕的高士。据说尧曾让天下给许由，许由不受，遂到河边去洗耳。巢父看见许由洗耳并问明了原因之后，本来打算在那里饮牛，怕污了牛口，便牵到上流去饮。

⑮闲街市：闲逛街市，胡行乱走。

⑯抬：挂。

⑰穰：裹。

⑱锉（cuò）：这里是揉搓的意思。

⑲红叶诗：传说唐代的于祐从宫中流出的河里拾到一片题诗的红叶，于祐也题诗于红叶上，置河的上游，流入宫中，为题诗的宫女韩翠蘋所得，后二人成为夫妻。

⑳梅花使：六朝时宋朝的陆凯与范晔相友善，从江南寄梅花一枝，并赠诗一首：“折梅逢驿使，寄与陇头人。江南无所有，聊赠一枝春。”后遂称信使为梅花使。

第三折

〔净扮郑恒上开，云〕自家姓郑名恒，字伯常。先人拜礼部尚书，不幸早丧。后数年，又丧母。先人在时曾定下俺姑娘[①]的女孩儿莺莺为妻，不想姑夫亡化，莺莺孝服未满，不曾成亲。俺姑娘将着这灵榇，引着莺莺，回博陵下葬，为因路阻，不能得去。数月前写书来唤我同扶柩去，因家中无人，来得迟了。我离京师，来到河中府，打听得孙飞虎欲掳莺莺为妻，得一个张君瑞退了贼兵，俺姑娘许了他。我如今到这里，没这个消息便好去见他；既有这个消息，我便撞将去呵，没意思。这一件事都在红娘身上，我着人去唤他。则说“哥哥从京师来，不敢来见姑娘，着红娘来下处[2]来，有话去对姑娘行说去”。去的人好一会了，不见来。见姑娘和他有话说。〔红上云〕郑恒哥哥在下处，不来见夫人，却唤我说话。夫人着我来，看他说甚么。

〔见净科〕哥哥万福！夫人道哥哥来到呵，怎么不来家里来？〔净云〕我有甚颜色见姑娘？我唤你来的缘故是怎生？当日姑夫在时，曾许下这门亲事；我今番到这里，姑夫孝已满了，特地央及你去夫人行说知，拣一个吉日成合，了这件事，好和小姐一答里[3]下葬去。不争不成合，一答里路上难厮见。若说得肯呵，我重重的相谢你。〔红云〕这一节话再也休题，莺莺已与了别人了也。〔净云〕道不得“一马不跨双鞍”，可怎生父在时曾许了我，父丧之后，母倒悔亲？这个道理那里有！〔红云〕却非如此说。当日孙飞虎将半万贼兵来时，哥哥你在那里？若不是那生呵，那里得俺一家儿来？今日太平无事，却来争亲；倘被贼人掳去呵，哥哥如何去争？〔净云〕

【批注】

前与老夫人斗，此与郑恒争。红娘在崔、张爱情发展中起了往来周旋、与了一个富家，也不枉了，却与了这个穷酸饿醋。偏我不如他？我仁者能仁、身里出身[4]的根脚，又是亲上做亲，况兼他父命。〔红云〕他倒不如你，噤声！

排难解纷的作用，是加深主题和生发喜剧效果的重要因素。

【越调·斗鹌鹑】卖弄你仁者能仁，倚仗你身里出身；至如你官上加官，也不合亲上做亲。又不曾执羔雁[5]邀媒，献币帛问肯。恰洗了尘，便待要过门：枉腌了他金屋银屏，枉污了他锦衾绣茵。

【紫花儿序】枉蠢了他梳云掠月，枉羞了他惜玉怜香，枉村了他殢雨尤云。当日三才[6]始判，两仪[7]初分；乾坤：清者为乾，浊者为坤，人在中间相混。君瑞是君子清贤，郑恒是小人浊民。

〔净云〕贼来怎地他一个人退得？都是胡说！〔红云〕我对你说。

【天净沙】看河桥飞虎将军，叛蒲东掳掠人民，半万贼屯合寺门，手横着霜刃，高叫道“要莺莺做压寨夫人”。

〔净云〕半万贼，他一个人济甚么事？〔红云〕贼围之甚迫，夫人慌了，和长老商议，拍手高叫：“两廊不问僧俗，如退得贼兵的，便将莺莺与他为妻。”忽有游客张生，应声而前曰：“我有退兵之策，何不问我？”夫人大喜，就问：“其计何在？”生云：“我有一故人白马将军，现统十万之众，镇守蒲关。我修书一封，着人寄去，必来救我。”不想书至兵来，其困即解。

【批注】

郑恒质问红娘，颇似夫人拷问。此折情节平淡，曲白迂板，较前大为逊色，故前人有“《西厢》后卷不及前卷，自是情尽才尽”之说。

【小桃红】洛阳才子善属文，火急修书信。白马将军到时分，灭了烟尘。夫人小姐都心顺，则为他“威而不猛”，“言而有信”，因此上“不敢慢于人”。

〔净云〕我自来未尝闻其名，知他会也不会。你这个小妮子，卖弄他偌多！〔红云〕便又骂我。

【金蕉叶】他凭着讲性理齐论鲁论[8]，作词赋韩文柳文[9]，他识道理为人敬人，俺家里有信行知恩报恩。

【调笑令】你值一分，他值百十分，萤火焉能比月轮？高低远近都休论，我拆白道字辨与你个清浑。〔净云〕这小妮子省得甚么拆白道字，你拆与我听。〔红唱〕

君瑞是个“肖”字这壁着个“立人”，你是个“木寸”“马户”“尸巾”。

〔净云〕木寸、马户、尸巾——你道我是个“村驴屌”。我祖代是相国之门，到不如你个白衣饿夫穷士！做官的则是做官。〔红唱〕

【秃厮儿】他凭师友君子务本，你倚父兄仗势欺人。齑盐日月不嫌贫，治百姓新民、传闻。

【圣药王】这厮乔议论，有向顺。你道是官人则合做官人，信口喷，不本分。你道穷民到老是穷民，却不道“将相出寒门”。

〔净云〕这桩事都是那长老秃驴弟子孩儿[10]，我明日慢慢的和他说话。〔红唱〕

【麻郎儿】他出家儿慈悲为本，方便为门。

【批注】

【秃厮儿】三曲，稍露红娘当日锋芒。

横死[11]眼不识好人，招祸口不知分寸。

〔净云〕这是姑夫的遗留，我拣日牵羊担酒上门去，看姑娘怎么发落我。〔红唱〕

【幺篇】讪筋[12]，发村[13]，使狠，甚的是软款温存。硬打挨[14]强为眷姻，不睹事[15]强谐秦晋。

〔净云〕姑娘若不肯，着二三十个伴当，抬上轿子，到下处脱了衣裳，赶将来还你一个婆娘。〔红唱〕

【络丝娘】你须是郑相国嫡亲的舍人，须不是孙飞虎家生[16]的莽军。乔嘴脸、腌躯老[17]、死身分，少不得有家难奔。

〔净云〕兀的那小妮子，眼见得受了招安了也。我也不对你说，明日我要娶，我要娶。〔红云〕不嫁你，不嫁你。

【收尾】佳人有意郎君俊，我待不喝采其实怎忍。〔净云〕你喝一声我听。〔红笑云〕你这般颓嘴脸，则好偷韩寿下风头香，傅何郎左壁厢粉。〔下〕

【批注】

末二句用词奇巧，语意新颖，乃调侃之俊语，可谓化腐朽为神奇。

〔净脱衣科，云〕这妮子拟定都和那酸丁演撒，我明日自上门去，见俺姑娘，则做不知。我则道张生赘在卫尚书家，做了女婿。俺姑娘最听是非，他自小又爱我，必有话说。休说别个，则这一套衣服也冲动他。自小京师同住，惯会寻章摘句，姑夫许我成亲，谁敢将言相拒。我若放起刁来，且看莺莺那去。且将压善欺良意，权作尤云殢雨心。〔下〕〔夫人上，云〕夜来郑恒至，不来见我，唤红娘去问亲事。据我的心则是与孩儿是；况兼相国在时，已许下了。我便是违了先夫的言语。做我一个主家的不着[18]，这厮每做下来。拟定则与郑恒，他有言语，怪他不得也。料持下酒者，今日他敢来见我也。〔净上，云〕来到也，不索报复，自入去见夫人。〔拜夫人哭科〕〔夫人云〕孩儿既来到这里，怎么不来见我？〔净云〕小孩儿有甚嘴脸来见姑娘！〔夫人云〕莺莺为孙飞虎一节，等你不来，无可解危，许张生也。〔净云〕那个张生？敢便是状元。我在京师看榜来，年纪有二十四五岁，洛阳张珙，夸官游街三日。第二日头答[19]正来到卫尚书家门首，尚书的小姐十八岁也，结着彩楼，在那御街上，则一球正打着他。我也骑着马看，险些打着我。他家粗使梅香十余人，把那张生横拖倒拽入去。他口叫道："我自有妻，我是崔相国家女婿。"那尚书有权势气象，那里听，则管拖将入去了。这个却才便是他本分，出于无奈。尚书说道："我女奉圣旨结彩楼，你着崔小姐做次妻。他是先奸后娶的，不应取他。"闹动京师，因此认得他。〔夫人怒云〕我道这秀才不中抬举，今日果然负了俺家。俺相国之家，世无与人做次妻之理。既然张生奉圣旨娶了妻，孩儿，你拣个吉日良辰，依着姑夫的言语，依旧入来做女婿者。〔净云〕倘或张生有言语，怎生？〔夫人云〕放着我哩，明日拣个吉日良辰，你便过门来。〔下〕〔净云〕

【批注】

郑恒争婚，首尾相救，在情节下降中掀波澜。

中了我的计策了，准备筵席、茶礼、花红，克日[20]过门者。〔下〕〔洁上，云〕老僧昨日买登科记看来，张生头名状元，授着河中府尹。谁想夫人没主张，又许了郑恒亲事。老夫人不肯去接，我将着肴馔直至十里长亭接官走一遭。〔下〕〔杜将军上，云〕奉圣旨，着小官主兵蒲关，提调河中府事，上马管军，下马管民。谁想君瑞兄弟一举及第，正授河中府尹，不曾接得。眼见得在老夫人宅里下，拟定乘此机会成亲。小官牵羊担酒直至老夫人宅上，一来庆贺状元，二来就主亲，与兄弟成此大事。左右那里？将马来，到河中府走一遭。〔下〕

【批注】

夫人此时因受骗而悔婚，远不如前日"赖婚"能反映其性格特点。

注释

❶姑娘：姑母。

❷下处：住处，旅店。

❸一答里：一起。

❹仁者能仁、身里出身：都是当时的成语。仁者能仁意为本身能干，身里出身是说出身高贵。

❺羔雁：定亲的聘礼。

❻三才：指天、地、人。

❼两仪：指天与地。

❽齐论鲁论：汉代传授的《论语》有齐、鲁两家。

❾韩文柳文：指唐代文学家韩愈、柳宗元。

❿弟子孩儿：骂人的话，如同"婊子养的"。宋元时称妓女为弟子。

⓫横死：不得好死。

⑫讪筋：恼怒。

⑬发村：撒野。

⑭硬打挨：硬干，强行。

⑮不睹事：不懂事。

⑯家生：奴婢所生的子女仍在家做奴隶的叫作家生。

⑰躯老：身体。

⑱做我一个主家的不着：意为将我做主家的不顾。

⑲头答：即头踏，古代官员出行时前列的仪仗。

⑳克日：约定日期。

第四折

〔夫人上，云〕谁想张生负了俺家，去卫尚书家做女婿去，今日不负老相公遗言，还招郑恒为婿。今日好个日子，过门者，准备下筵席，郑恒敢待来也。〔末上，云〕小官奉圣旨，正授河中府尹。今日衣锦还乡，小姐的金冠霞帔[①]都将着，若见呵，双手索送过去。谁想有今日也呵！文章旧冠乾坤内，姓字新闻日月边。

【双调·新水令】玉鞭骄马出皇都，畅风流玉堂人物。今朝三品职，昨日一寒儒。御笔亲除，将名姓翰林注。

【驻马听】张珙如愚[②]，酬志了三尺龙泉[③]万卷书；莺莺有福，稳请了五花官诰七香车。身荣难忘借僧居，愁来犹记题诗处。从应举，梦魂儿不离了蒲东路。

〔末云〕接了马者！〔见夫人科〕新状元河中

【批注】

【新水令】二曲，暴露了张生的封建意识，他和莺莺的爱情终究被套上了封建主义与家族利益的锁链。

府尹婿张珙参见。〔夫人云〕休拜，休拜，你是奉圣旨的女婿，我怎消受得你拜。〔末唱〕

【乔牌儿】我谨躬身问起居，夫人这慈色为谁怒？我只见丫鬟使数[④]都厮觑，莫不我身边有甚事故？

〔末云〕小生去时，夫人亲自饯行，喜不自胜。今日中选得官，夫人反行不悦，何也？〔夫人云〕你如今那里想着俺家！道不得个"靡不有初，鲜克有终"。我一个女孩儿，虽然妆残貌陋，他父为前朝相国。若非贼来，足下甚气力到得俺家？今日一旦置之度外，却于卫尚书家作婿，岂有是理？〔末云〕夫人听谁说？若有此事，天不盖，地不载，害老大小[⑤]疔疮！

【批注】

"害疔疮"语似与张生身份不合。

【雁儿落】若说着丝鞭仕女图[⑥]，端的是塞满章台路[⑦]。小生呵此间怀旧恩，怎肯别处寻亲去？

【得胜令】岂不闻"君子断其初"，我怎肯忘得有恩处？那一个贼畜生行嫉妒，走将来老夫人行厮间阻？不能够娇姝，早共晚施心数；说来的无徒，迟和疾上木驴[⑧]。

〔夫人云〕是郑恒说来，绣球儿打着马了，做女婿也。你不信呵，唤红娘来问。〔红上，云〕我巴不得见他，原来得官回来。惭愧，这是非对着也。〔末背问云〕红娘，小姐好么？〔红云〕为你别做了女婿，俺小姐依旧嫁了郑恒也。〔末云〕有这般跷蹊的事！

【庆东原】那里有粪堆上长出连枝树，淤泥

中生出比目鱼？不明白展污了姻缘簿。莺莺呵，你嫁个油炸猢狲的丈夫；红娘呵，你伏侍个烟熏猫儿的姐夫；张生呵，你撞着个水浸老鼠的姨夫。这厮坏了风俗，伤了时务。

〔红唱〕

【乔木查】 妾前来拜覆，省可里[9]心头怒！间别来安乐否？你那新夫人何处居？比俺姐姐是何如？

〔末云〕和你也葫芦提了也。小生为小姐受过的苦，诸人不知，瞒不得你。不甫能成亲，焉有是理？

【搅筝琶】 小生若求了媳妇，则目下便身殂。怎肯忘得待月回廊，难撇下吹箫伴侣。受了些活地狱，下了些死工夫。不甫能得做妻夫，现将着夫人诰敕，县君名称，怎生待欢天喜地，两只手儿分付与。你划地[10]倒把人赃诬。

〔红对夫人云〕我道张生不是这般人，则唤小姐出来自问他。〔叫旦科〕姐姐快来问张生，我不信他直恁般薄情。我见他呵，怒气冲天，实有缘故。〔旦见末科〕〔末云〕小姐间别无恙？〔旦云〕先生万福！〔红云〕姐姐有的言语，和他说破。〔旦长吁云〕待说甚么的是！

【沉醉东风】 不见时准备着千言万语，得相逢都变做短叹长吁。他急攘攘却才来，我羞答答怎生觑。将腹中愁恰待申诉，及至相逢一句也无。则道个“先生万福”。

【批注】

嘲讪讥笑，语出新意。“莺莺呵”三句对仗，三“夫”字用得巧妙天然。

【批注】

句句接递，咄咄逼人，方是红娘口吻。

〔旦云〕张生，俺家何负足下？足下见弃妾身，去卫尚书家为婿，此理安在？〔末云〕谁说来？〔旦云〕郑恒在夫人行说来。〔末云〕小姐如何听这厮？张珙之心，惟天可表！

【落梅风】 从离了蒲东路，来到京兆府，见个佳人世不曾回顾。硬揣个[11]卫尚书家女孩儿为了眷属，曾见他影儿的也教灭门绝户。

〔末云〕这一桩事都在红娘身上，我则将言语傍[12]着他，看他说甚么。红娘，我问人来，说道你与小姐将简帖儿去唤郑恒来。〔红云〕痴人，我不合与你作成，你便看得我一般了。〔红唱〕

【甜水令】 君瑞先生，不索踌躇，何须忧虑。那厮本意糊涂；俺家世清白，祖宗贤良，相国名誉。我怎肯他跟前寄简传书？

【批注】

大谈家世门楣，岂是红娘声口！

【折桂令】 那吃敲才[13]怕不口里嚼蛆，那厮待数黑论黄，恶紫夺朱[14]。俺姐姐更做道软弱囊揣，怎嫁那不值钱人样虾朐[15]。你个东君[16]索与莺莺做主，怎肯将嫩枝柯折与樵夫。那厮本意嚣虚[17]，将足下亏图[18]，有口难言，气夯破胸脯。

〔红云〕张生，你若端的不曾做女婿呵，我去夫人跟前一力保你。等那厮来，你和他两个对证。〔红见夫人云〕张生并不曾人家做女婿，都是郑恒谎，等他两个对证。〔夫人云〕既然他不曾呵，等郑恒那厮来对证了呵，再做说话。〔洁上云〕谁想张生一举成名，得了河中府尹，老僧一径到夫人那里庆贺。这门亲事，几时成就？当初也有老僧来，老夫人没主张，便待要与郑恒。若与了他，今日张生来却怎生？〔洁见末叙寒温科〕〔对夫人云〕夫人，今日却知老僧说的是，张生决不是那一等没行止的秀才。他如何敢忘了夫人，况兼杜将军是证见，如何悔得他这亲事？〔旦云〕张生此一事必得杜将军来方可。

【雁儿落】他曾笑孙庞[19]真下愚，若是论贾马[20]非英物；正授着征西元帅府，兼领着陕右河中路。

【得胜令】是咱前者护身符，今日有权术。来时节定把先生助，决将贼子诛。他不识亲疏，啜赚良人妇；你不辨贤愚，无毒不丈夫。

〔夫人云〕着小姐去卧房里去者。〔旦、红下〕〔杜将军上，云〕下官离了蒲关，到普救寺。第一来庆贺兄弟咱，第二来就与兄弟成就了这亲事。〔末对将军云〕小弟托兄长虎威，得中一举。今者回来，本待做亲。有夫人的侄儿郑恒，来夫人行说道你兄弟在卫尚书家作赘了。夫人怒欲悔亲，依旧要将莺莺与郑恒，焉有此理？道不得个“烈女不更二夫”。〔将军云〕此事夫人差矣。君瑞也是礼部尚书之子，况兼又得一举。夫人世不招白衣秀士，今日反欲罢亲，莫非理上不顺？〔夫人云〕当初夫主在时，曾许下这厮，不想遇此一难，亏张生请将军来杀退贼众。老身不负前言，欲招他为婿；不想郑恒说道，他在卫尚书家做了女婿也，因此上我怒他，依旧许了郑恒。〔将军云〕他是贼心，可知道诽谤他。老夫人如何便信得他？〔净上，云〕打扮得整整齐齐的，则等做女婿。今日好日头，牵羊担酒过门走一遭。〔末云〕郑恒，你来怎么？〔净云〕苦也！闻知状元回，特来贺喜。〔将军云〕你这厮怎么要诳骗良人的妻子，行不仁之事，我跟前有甚么话说？我奏闻朝廷，诛此贼子。〔末唱〕

【落梅风】你硬撞入桃源路，不言个谁是主，被东君把你个蜜蜂儿拦住。不信呵去那绿杨影里听杜宇，一声声道"不如归去"。

〔将军云〕那厮若不去呵，祗候[21]拿下。〔净云〕不必拿，小人自退亲事与张生罢。〔夫人云〕相公息怒，赶出去便罢。〔净云〕罢，罢！要这性命怎么，不如触树身死。妻子空争不到头，风流自古恋风流；三寸气在千般用，一日无常万事休。〔净倒科〕〔夫人云〕俺不曾逼死他，我是他亲姑娘，他又无父母，我做主葬了者。着唤莺莺出来，今日做个庆喜的茶饭，着他两口儿成合者。〔旦、红上，末、旦拜科〕〔末唱〕

【沽美酒】门迎着驷马车[22]，户列着八椒图，娶了个四德三从宰相女，平生愿足，托赖着众亲故。

【太平令】若不是大恩人拔刀相助，怎能够好夫妻似水如鱼。得意也当时题柱[23]，正酬了今生夫妇。自古相女配夫[24]，新状元花生满路[25]。

〔使臣上科〕〔末唱〕

【锦上花】四海无虞，皆称臣庶；诸国来朝，万岁山呼；行迈羲轩[26]，德过舜禹；圣策神机，仁文义武。

【幺篇】朝中宰相贤，天下庶民富；万里河清，五谷成熟；户户安居，处处乐土；凤凰来仪，麒麟屡出。

【清江引】谢当今盛明唐圣主，敕赐为夫妇。永老无别离，万古常完聚，愿普天下有情的都成了眷属。

【随尾】则因月底联诗句，成就了怨女旷夫。显得有志的状元能，无情的郑恒苦。〔下〕

题目　小琴童传捷报　崔莺莺寄汗衫

正名　郑伯常干舍命　张君瑞庆团圆

总目[27]

张君瑞巧做东床婿　法本师住持南赡[28]地

老夫人开宴北堂[29]春　崔莺莺待月西厢记

【批注】

此只言“使臣上科”而不详，演出时必有“敕赐”常套。末尾歌功颂德亦元剧俗套。此曲有的作使臣唱，有的作众唱。下【清江引】二曲或作众唱或作末旦同唱。

【批注】

“愿普天下有情的都成了眷属”一语，是全剧主题思想的点睛之笔，也是作者的理想和愿望。它喊出了广大青年男女的共同心声，具有极大的鼓舞力量。

注释

❶金冠霞帔（pèi）：古代得皇帝赐封的贵夫人的穿戴。

❷如愚：大智如愚的省文。

❸龙泉：宝剑名。

❹使数：使用的人，仆人。

❺老大小：即老大的。

❻丝鞭仕女图：指结彩楼、抛绣球、接丝鞭招亲的场景。古代戏曲小说中，常用接丝鞭表示缔结婚姻。

❼章台路：汉代长安的一条街道。

❽木驴：一种刑具。犯人被凌迟处死前，先绑在木桩上游街示众，叫作“上木驴”。

❾省可里：省得，休要。可里，助词。

❿刬（chǎn）地：平白无故地。

⓫硬揣个：硬捏造个。

⓬傍：敲打。

⓭吃敲才：该死的家伙。杖杀处死叫敲。

⓮数黑论黄，恶紫夺朱：说三道四，以邪争正。

⓯虾朐（qú）：虾干。

⓰东君：春神。

⓱嚣虚：虚伪。

⓲亏图：图谋陷害。

⓳孙庞：孙膑、庞涓，战国时著名的军事家。

⓴贾马：贾谊、司马相如，汉代有名的文学家。

㉑祗候：差役。

㉒驷（sì）马车：四匹马拉的车。

㉓题柱：传说司马相如西去求官过升仙桥时，曾在桥柱上题写“不乘高车驷马，不过此桥”。

㉔相（xiàng）女配夫：根据女儿的条件选配夫婿，意思是佳人必配才子。

㉕花生满路：前程锦绣的意思。

㉖行迈羲轩：品行超过了伏羲和轩辕。

㉗原本无总目，据王伯良本补。据元杂剧以题目正名末句作剧名的通例，应有此四句总目。

㉘南赡（shàn）：即南赡部洲，佛经所说的四大部洲之一。

㉙北堂：古代士大夫家主妇经常居留的地方。

后 记

《西厢记》是一部以爱情故事为题材、具有浓郁喜剧特色的作品。

作者王实甫是中国文学史上最优秀的戏曲作家之一。他的生卒年代已不可考，生平事迹也很难找到资料。元人钟嗣成编的《录鬼簿》（天一阁本）说他“名德信，大都（今北京）人”，并著录了他的十余种杂剧。明初贾仲明续编《录鬼簿》时，写了一首追吊王实甫的《凌波仙》词：“风月营密匝匝列旌旗，莺花寨明飙飙排剑戟，翠红乡雄纠纠施谋智。作词章，风韵羡，士林中等辈伏低。新杂剧，旧传奇，《西厢记》天下夺魁。”这首词说明，王实甫是一个沉沦下层，熟悉勾栏生活的书会才人，特别擅长于写“儿女风情”一类杂剧，在当时剧坛上，已是一个有才华、有名望、有影响的作家；他的《西厢记》，被公认为出类拔萃、首屈一指的作品。

王实甫的主要创作活动大约在元成宗元贞、大德年间（1295—1307）。他写的杂剧除了《西厢记》，还有一本《丽春堂》，被选在臧晋叔的《元曲选》里；此外他的《芙蓉亭》杂剧和《贩茶船》杂剧也各有一折曲文被录在《雍熙乐府》里。其余的剧作，可惜都没有流传下来。（现传《也是园杂剧》里的《破窑记》，题名王实甫是不可靠的。）

《西厢记》杂剧的故事原本唐人元稹的传奇小说《会真记》。

《会真记》里的张生对崔莺莺的恋爱是有始无终的。这篇小说的末段，以为张生抛弃了莺莺是“善补过”，表现了封建文人的正统观念。到了北宋时期，这篇小说被收入《太平广记》里，成为民间说书、说唱的题材。民间说书、说唱的对象，主要是当时的市民阶层，他们对于《会真记》里那样一个始乱终弃的结局当然不爱听，于是很自然地把张生和崔莺莺的恋爱故事改变为以团圆终场。到了南宋，北方受金朝统治，这个故事又各自在当时的中原和江南，以各种不同的说唱或戏曲形式演出。特别值得提出的是，当时金朝一位说唱家董解元，写了一本《西厢记搊弹词》（又名《西厢记诸宫调》），是现在流传下来关于崔、张故事的文学作品中第一部打破悲剧性结局的著作。它已经改变了张生轻薄少年的形象，也不再把崔莺莺看成“不妖其身，必妖于人”的“妖孽”，最后让张生偕莺莺双双出奔，表现了“从今至古，自是佳人，合配才子”的主题。到了元朝统一中国，随着都市经济进一步的繁荣，戏剧更发达起来。王实甫就是在这样的情况之下，根据董解元的《西厢记搊弹词》，把崔、张故事改写为杂剧，出色地完成了这部爱情喜剧的再创造。

《西厢记》杂剧所以能得到当时广大市民阶层的欢迎和后世无数青年读者的爱好，首先是由于它对“父母之命、媒妁之言”的封建婚姻制度表示不满，正面提出了“愿普天下有情的都成了眷属”的主张。在封建社会里，这种以爱情作为基础而不是权衡门阀利害的婚姻观念，当然是不能普遍实现的，它只是一种美好的理想和愿望。然而，王实甫正是以这种乐观的信念，使《西厢记》杂剧的全部剧情环绕这个主题发展。剧中人物凡是为实现这一理想而积极追求、坚定不移的，如莺莺、张生、红娘，都塑造成为十分生动可爱的形象。反之，对为了维护门第尊严、勉强要把莺莺许配郑恒的老夫人，凭仗暴力、要夺取莺莺为妻的孙飞虎，仗着父母之命、要上门抢亲的郑恒，都给他们画上了不同的丑恶嘴脸。在封建制度压迫之下，男女恋爱不能自由，张生、莺莺的月下私期，是那么美满欢畅、有情有义；他们的长亭分手，是那么缠绵婉转、难解难分。这就使处在封建统治下的无数青年男女为他们这种美满的恋爱生活所歆动，所陶醉，引起他们对于封建礼教和封建婚姻的不满和反抗。

在剧情处理上，王实甫善于根据剧中人物的不同环境、不同性格，展开各种矛盾斗争。作为贯穿全剧的主要矛盾，老夫人和张生、莺莺、红娘之间的正面冲突，总是放在矛盾发展的转折点上，抓住一些最能揭示性格特征的情节和场面进行集中的描写。如第二本第三折“赖婚”和第四本第二折“拷红”，都是通过戏剧冲突的“突转”，反映了两种对立的社会力量之间的尖锐斗争，突出地表现了老夫人冷酷、虚伪、自私的阶级本质和出尔反尔善于权变的个性。而在其他的场面中，老夫人的戏并不多，但她的活动通过后场处理不断得到提示，使人们处处感到她在起作用，从而更深刻地揭露了封建势力对青年一代爱情幸福的无情摧残，大大开拓了作品的思想深度。矛盾发展的方式是喜剧性的，常用尖利、诙谐的语言，揭穿封建礼教的虚伪、荒谬，而使老夫人等处于令人额手称庆的难堪境地。同时，在张生、莺莺和红娘之间，更通过性格的对比，引发出一系列的喜剧性冲突。如老夫人赖婚以后，王实甫从第二本第五折到第四本第一折，用了整整六场戏（还带两个“楔子”），生动细致地展现了张生、莺莺在红娘的帮助下，逐步克服心理上的阴影和性格上的弱点，进一步发展爱情、大胆结合的过程。张生、莺莺和红娘由于身份、处境、教养、个性不同，他们对待封建礼教的态度有所差异，所采取的反抗和挣脱精神束缚的方式也各有不同；因而，在三个不同身份、不同个性的人物之间，不断发生冲撞和误会，不时进行试探性的捉弄，常常出现令人捧腹的局面；正是这些喜剧效果十分强烈的冲突，鲜明地展现了人物复杂的内心世界，使人们在轻松愉快的气氛中，进一步理解了人物的苦衷，并为他们的胜利而放声欢笑。

王实甫在描摹环境、酝酿气氛方面，更是元人杂剧中的圣手。像“梵王宫殿月轮高，碧琉璃瑞烟笼罩”“风静帘闲，透纱窗麝兰香散，启朱扉摇响双环”“碧云天，黄花地，西风紧，北雁南飞”等曲子，选叙的景物，仿佛都染上了一层人情的色彩，能把读者自然地带到戏剧规定的典型环境里，与剧中人分享那一份月色与花香、风声与鸟语。为着更切合崔、张这一对在封建时代有着相当文学修养的青年的性格，王实甫更在曲文里熟练地运用中国古典文学里许多为人传诵的诗句与词汇，来表达他们深沉的情愫和优雅的风格。他们唱的许多曲文，都像一首首优美的抒情诗，使剧中处处呈现出诗的意境，把这部爱情喜剧烘染得更有感人的魅力。

同一切进步的文艺作品一样，《西厢记》杂剧也必然遭受封建统治者的排斥和打击。明清的统治者和御用文人曾诬蔑它“诲淫”而加以禁毁，各种诋毁和“反崔张之案”的续作和改编本纷纷出笼。但是《西厢记》思想和艺术上的成就是扼杀不了的。自问世以来，它曾被改编成各种剧本而广泛上演。明代有代表性的改本是陆天池和崔时佩、李日华的《南西厢》。《西厢记》直至今天仍在舞台上演出，在国外也有较大影响。

《西厢记》杂剧由于流传的广泛，翻刻的版本非常多。现在流行的最早的本子是明弘治十一年（1498）北京岳氏刻本，此外流传较广、具有代表性的有徐士范、王伯良、张深之、凌濛初、金圣叹、毛西河诸本。我们这个本子是在上海古籍出版社刊行的王季思校注本的基础上重加修订而成的。

附 录

一、《张深之先生正北西厢秘本》插图选

項南洲刊

二、明万历四十二年王氏香雪居刻本插图之一